斜行线

王安忆的『大故事』

张新颖 著

商务印书馆
The Commercial Press

2017年·北京

图书在版编目（CIP）数据

斜行线：王安忆的"大故事"/张新颖著．—北京：商务印书馆，2017
ISBN 978-7-100-14649-4

Ⅰ.①斜⋯ Ⅱ.①张⋯ Ⅲ.①王安忆-文学研究 Ⅳ.① I206.7

中国版本图书馆 CIP 数据核字（2017）第 154839 号

权利保留，侵权必究。

斜行线：王安忆的"大故事"
张新颖 著

商 务 印 书 馆 出 版
（北京王府井大街36号 邮政编码100710）
商 务 印 书 馆 发 行
山东临沂新华印刷物流集团
有 限 责 任 公 司 印 刷
ISBN 978-7-100-14649-4

2017年7月第1版	开本 889×1194 1/32
2017年7月第1次印刷	印张 5.875

定价：28.00 元

张新颖

一九六七年生于山东，复旦大学中文系教授，教育部长江学者特聘教授。

主要作品有：中国现代文学研究著作《二十世纪上半期中国文学的现代意识》《沈从文的后半生》《沈从文九讲》《沈从文与二十世纪中国》等；当代文学批评集《栖居与游牧之地》《双重见证》《无能文学的力量》《置身其中》等；随笔集《迷恋记》《此生》《有情》《风吹小集》《读书这么好的事》等。

曾获得第四届华语文学传媒大奖·文学评论家奖、第一届当代中国文学批评家奖、第六届鲁迅文学奖、第十届国家图书馆文津图书奖等多种奖项。

序

　　这本小书涉及两个人。一个是我的同龄人,作家王安忆;另一个是张新颖,文学评论家,比我小十多岁,大约可以算作是有代际关系的。所以在本书前言里张新颖说:"王安忆和我是两代人。"我曾经说过,评论家的评论对象最好是同代人。——请注意,我这里说的是评论家的评论对象,不是学者的研究对象。这些概念是不同的。——原因很简单,同代人是在同一个时代氛围下成长起来,作家创作的发生及其所要表达的意思,同代的评论家能够设身处地、比较直接的给予理解,他们对作品内涵的把握也比较准确。但这也不一定,尤其是像新颖那样的六〇年代生人,由于时代的错位,他们与五〇年代生人几乎是在同一个时代氛围,也就是在"文革"结束,社会上普遍弥漫着拨乱反正、解放思想的环境下学习成长起来的。生活经验姑且不论,在理性的、思想的深度上,彼此间完全可以引起共鸣。当代文学三十多年的发展中,五〇后、六〇后作家评论家共领风骚的历程见证了这一点。不过张新颖还是强调了两者的差异:"当王安忆将注意力放到别人的经验上,特别是写市民世俗生活,她和她的个人经验拉开了距离,她的作品也就和我拉开了距离。"新颖举了一篇小说叫《逐鹿中街》,他说,他并不能从这篇小说里看出王安忆所要表达的"市民的人生理想和为之付出的奋勇战斗,以及在此战斗中的变态。"我由此想到了自己的阅读史,王安忆的作品最初打动我的,不是《雨,沙沙沙》,也不是《六九届初中生》,而是一篇不怎么著名的短篇《庸常之辈》,内容差不多已经忘记了,那时王安忆的笔大约还没有接触到"变态",但是她对普通市民再普通不过的人生理想充满了同情,打动我的正是作家对"庸常"的正面理解。市民世俗生活与当时还是学生的张新颖拉开了距离,但并没有与王安忆的个人经验拉开距离,她写的

"庸常之辈"正是我们这一代人的故事,就发生在我们的身边。凭着这一点,王安忆倒是与当时许多狂热崇尚"精神生活"的女作家的创作拉开了距离,她的文学创作的起点可能不是太高,要平凡一些,但也宽广一些。如果说,我与新颖阅读王安忆作品的经验不仅仅在于个人兴趣的差异,那么,两代人(由于生活经验的不同)阅读的关注点还是有些不同的。

所以,当新颖将他评论王安忆作品的数篇论文单独结集出版,我还是饶有兴趣地读了这些文章,还是有新的感觉。虽然这些文章在发表的时候我早就读过。其中最早的一篇,好像还是新颖在《文汇报》当记者时所写,那时候他写了一系列文学批评,也是他在文坛初露头角的时期,评论张炜的《九月寓言》,评论余华的先锋叙事,讨论博尔赫斯对中国先锋作家的影响,等等,都受到了作家们的赞扬。这篇《坚硬的河岸流动的水》是讨论王安忆的《纪实与虚构》,直言不讳对作家的写作理想提出质疑。我不知道王安忆怎么看待这篇批评,那时候王安忆的写作刚刚走出瓶颈,从一九八〇年代的自我经验中摆脱出来,延伸了寻根文学中获得的经验,从血缘、家族的探索中走向小说的新境界。《叔叔的故事》是她的写作道路的第一个里程碑,她清算了一九八〇年代弥漫文坛的时代病,接着就在《乌托邦诗篇》《纪实与虚构》《伤心太平洋》等一系列特立独行的创作里,开始了孤独而且艰难的精神探索。她提出的"四不要"原则集中体现新的小说诗学理想,是要与主流的为政治服务的现实主义创作原则(所谓"典型环境典型性格")划清界限,在更广阔的现实生活的基础上虚构"世界"。很显然,这个阶段是王安忆进入最自觉写作的阶段。所谓"自觉",就是指她已经设定了小说理想和审美目标,才进行实验性的小说创作,所以她自信地宣布,她的世界观、人生观和艺术观此时已经成熟。张新颖作为一名记者,他敏锐地抓住了王安忆的小说理想,并且把《纪实与虚构》当作检验理想的"实践",当发现小说实践还不能完美体现理想境界时,他委婉地说出了自己的意见:"以否定形式表达的干脆、利落、明确的写作理想,绝不拖泥带水的逻辑力量,以及所有的关于文学的理性化认识,如果把文学作品看成是流动的、波澜万状的水,它们就可以比作坚硬的河岸。坚硬的河岸本身即可以成为独立的风景,而且别有情致;但是当流动的水和河岸组合在一起的时候,人们往往观水忘岸。事实上,文学河岸自觉地从人的视野中退隐,并不意味着它的屈辱,它该做的就是规范水流的方向,不让水流盲无目的或者泛滥成灾。再说,无论如何优秀的河岸本身都不能产生流水,《纪实与虚构》从'谁家的孩子怎么长大'这一问题进行逻辑展开,但这个问题的提出,如上面的作品分析,本身不是逻辑的结果。比喻的表达方式不免有些隔靴搔痒,但《纪实与虚构》确实让我感觉到了小说物质化的认识对于小说本身的侵害,在这部作品中,确实有一部分过于坚硬,未能为作品本身融化。"

张新颖还注意到,王安忆当时信心满满,她对批评家也提出了挑战:"创造,却是一个包含了科学意义的劳动。这种劳动,带有一些机械性质的意义,因此便具有无尽的推动力和构造力。从西方文学批评的方式与我们的批评方式的比较中,也可以很清晰地看到,他们对待作品,有如对待一件物质性的工作对象,而批评家本身,也颇似一位操作者与解剖者,他们机械地分解对象的构造,检验每一个零件。而我们的批评家则更像一位诗人在谈对另一位诗人的感想,一位散文家在谈对另一位散文家的感想。"这里王安忆又一次宣布了她的小说理念:小说创作需要逻辑来推动和构造,还需要带有一些机械性质的意义。这个理念也可以陈述为:小说创作将放弃传统现实主义对所谓生活"本质"的阐述,转而根据客观生活本身呈现的材料作合乎逻辑的叙述,虚构一个新的世界。当作家把这样的写作理念与寻根、遗传、血缘、家族等概念联系在一起时,她的创作倾向更接近于西方文艺思潮中的自然主义创作方法。但是这种变化并没有引起批评家相应的关注,因此,她有理由要求批评家也采用更加尊重文本的方式来理解她的文学,而不是传统的从理论观念演绎出来的批评方法。

然而张新颖虽然注意到、却没有对这个批评观念给予进一步的关注,他还是把眼光盯在王安忆的创作实践上,希望找出一个符合王安忆小说理想的文本加以评述。但是这样的寻找过程中，他轻轻放过了《长恨歌》。我留意到本书所收的各篇论文中，作者大致关注了如下一些篇目：《叔叔的故事》《纪实与虚构》《姊妹们》《蚌埠》《文工团》《隐居的时代》《天香》《匿名》，这里跳过了许多作品，其中最重要的被漠视的作品就是《长恨歌》。为什么？因为在我看来，王安忆的"四不要"的原则最集中体现的文本就是《长恨歌》，王琦瑶不是用典型方法创造出来的，没有鲜明的个性，也没有性格化的语言，而是成为一种"类型"，并且是通过大量的客观生活细节的铺陈来推动故事发展。《长恨歌》起先并没有引起批评界太多的关注，倒是海外盛行的怀旧热选中了这个通俗故事，逐渐把它经典化。与《纪实与虚构》《乌托邦诗篇》等营造精神之塔的代表作相比较，《长恨歌》似乎有些倒退，倒退到市民世俗生活的风情画，张新颖没有把《长恨歌》当作王安忆小说理想的代表作是可以理解的。他把眼光投向了《长恨歌》以后一个时期陆续创作的作品，以《文工团》《隐居的时代》为核心。

这些作品远离城市喧嚣,把乡村生活描述成一个虚幻的乌托邦世界,在形式上更具有挑战性。这时候的张新颖已经意识到形式创新不是解读王安忆小说的一把钥匙,王安忆想做的实验,是要"从狭窄的独特性和个人化的、创新强迫症愈演愈烈的歧路上后退,返回小说艺术的大道"。这里开始接触到王安忆的"四不要原则"的根本了,有着现代文学专业背景的博士研究生张新颖把王安忆的实验放置在文学史的框架下加以论述:"我们的乡土文学常常给人以单调、沉闷、压抑的印象。民间的丰富活力和乡土文明的复杂形态被叙述者先入为主的观念遮蔽了,被单纯追求现代性的取景框舍弃了。"然而在他看来,王安忆却走出了这个大叙事模式:"王安忆的小说成为一种不被视为文明的文明的知音和载体,成为一种探究和理解,一种述说和揭示,一种乡土文明志。"这个评语又是一个敏锐发现,联系后来他撰写的关于《匿名》的评论,可以说是一以贯之的批评立场。

　　王安忆在九〇年代后半期的创作系列是在一场大病以后

产生的，我至今还能回忆起当时阅读这组作品的感觉，既有一种欣喜，又有一种心疼，仿佛每一句的间隙里都能读出游丝般的气息。"我们读到了内在的舒缓和从容。"其实这"舒缓和从容"正是作家身体内部慢慢复元的征象，但从来就不是王安忆写作的典型风格。身体壮实的作家有点像法国的现实主义大师巴尔扎克和左拉，体魄强健与精力充沛，都能够不厌其烦地描写日常生活细节，几乎是用尽生活的客观材料来演绎推理出人生的真谛，而不是波特莱尔式的虚弱与空灵。所以只有回到《长恨歌》的世俗生活场景，从扎扎实实的生活细节出发来体现"四不要"的原则，才是王安忆健康风格的最佳呈现。于是，接着就产生了继续描写市民世俗生活的《富萍》。

所以，《长恨歌》才是王安忆写作道路的第二个里程碑。除了集中体现了王安忆的"四不要"小说原则以外，这部小说在内涵上充满了诗学的张力：一方面小说开掘了都市民间的新的写作空间，重新建构起海派文学的美学特征，并且与张爱玲的传统接上了血脉；但是在另一方面，《长恨歌》联同后来的《富萍》，站在左翼立场上对于所谓"怀旧热"的海派市民传统进行了嘲讽与消解。这是《长恨歌》文本内涵特别丰富甚至充满张力的重要标志，海外许多赞美《长恨歌》的文章仅看到了前者而忽略了后者，赞美王安忆接续了张爱玲，却没有注意到王安忆同时也恰恰颠覆了张爱玲的传统。《富萍》以后王安忆的创作路向基本就延续了对都市民间的关注与开掘，《上种红菱下种藕》《遍地枭雄》《启蒙时代》《众声喧哗》……直到《天香》。我当然不能说张新颖对于王安忆这一组作品保持了沉默。因为本书收录的论文并非是张新颖评论王安忆作品的全部成果，至少还有一本对话集，相当广阔的话题，涉及王安忆多方面的创作成果。我手边一时找不到这本对话集，记不清他们具体讨论了哪些作品。但从谈话的时间来看，正是王安忆来到复旦工作的开始时期，也是《富萍》以后"不断增扩的世俗人生故事"的创作阶段，所以，肯定是会讨论到上述系列作品的。然后到了《天香》的出现，才真正激动了评论家张新颖，他一连写了两篇论文，从"时间""空间"的大经纬上来确定小说的成就。

《天香》是从《长恨歌》充满诗学张力的内在冲突中发展出来的,也是作家把市民世俗故事推向了大境界,同时又消解了海派市民传统的小境界。《天香》是王安忆摆脱了张爱玲阴影的标志性成果,她把殖民地的现代性种子移植到史前的土壤里,用虚构来培育起一段中国现代化的乌托邦历史。然而现代因素是与资本主义因素与生俱来的,它的发展取决于传统贵族文化的自然崩坏与市场新秩序的建立,当王安忆触及这样一个命题时,就不得不面对一个悖论:当"刺绣"这一物质文化从天香园流散到社会民间,既是一种堕落过程也是一种自新过程,旧秩序文化衰败到边缘,也可能正是新秩序的前沿。张新颖正是从这一抽象的演绎中获得如下的感悟:"'天香园绣'如何产生,如何提升到出神入化、天下绝品的境地,又如何从至高的精尖处回落,流出天香园,流向轰轰烈烈的世俗民间,与百姓日用生计相连。这最后的阶段,按照惯常的思路容易写成衰落,这物件的衰落与家族的衰落相对应;倘若真这样'顺理成章'地处理,必然落入俗套且不说,更重要的是,扼杀了生机。王安忆的'物质文化史'却反写衰落,最终还有力量把'天香园绣'的命运推向广阔的生机之中。"

《天香》以后,作家王安忆已经彻底走出了海派传统的狭长弄堂,她再也回不到原来的《长恨歌》的起点,她必须再往上登攀,探索,真是高处不胜寒。《匿名》可以看作是她的创作道路上的又一个新的起点。《匿名》的故事起源于作家追寻母亲茹志鹃曾经的脚印所至而今已经全然荒无人烟的经历,如果回溯到螺旋形的创作道路上看,它似乎是用另一种形式回旋到《纪实与虚构》的起点,不过是家族演变的探寻转换到文明演变的探寻,有意识的寻根运动转换为无意识的记忆拾荒。《匿名》值得评论界深入探讨,这不是我这篇序文的任务。我欣赏的是,综合了王安忆这种苦行僧似的写作道路的全过程以后,张新颖用了一个绝妙的比喻来形容:"斜行线"——"我首先想到的,是一条斜行线,斜率在过程中会有变化,向上却是不变。这条斜行线的起点并不太高,可是它一直往上走,日月年岁推移,它所到达的点不觉间就越来越高;而所有当时的高点,都只是它经过的点,它不迷恋这暂时的高点,总在不停地变化着斜率往上走。它会走到多高?我们无从推测,我想,这条斜行线自己也不知道。"

我直到读完这本书稿,才意识到,张新颖又发明了一个评论作家王安忆的好名词,恰如其分。

陈思和
二〇一六年十月八日

目 录

001　　序　　　　　　　　　　　　　　　　　　陈思和

001　　**学习者，斜行线**　　　　　　　　　　　　张新颖

001　　坚硬的河岸流动的水
　　　　——《纪实与虚构》和王安忆写作的理想

023　　"我们"的叙事
　　　　——王安忆在九十年代后半期的写作

037　　一物之通，生机处处
　　　　——王安忆《天香》的几个层次

059　　《天香》里的"莲"
　　　　——王安忆小说的起与收，时间和历史

071　　文明的缝隙，"考古层"的愁绪
　　　　——王安忆《匿名》的"大故事"

103　　文明的缝隙，除不尽的余数，抽象的美学
　　　　——关于《匿名》的对谈

学习者，斜行线

王安忆和我是两代人。一九九三年，她送我两本书，其中一本中篇小说集《神圣祭坛》，我读简短到一页半的自序，忽然强烈自省，年纪轻，对有些问题特别敏感，而对另外一些问题，则可能完全没有体会。这本书里的作品，之前我都读过，特别喜欢《神圣祭坛》和《叔叔的故事》，这样的作品，与写作者"深处最哀痛最要害的经验"相连，满溢着迫切要表达的情感和思想，对我这一类沉溺于"精神生活"的青年人——后来才明白，那个年纪，除了所谓的"精神生活"，也没有别的了——有极大的吸引力，这也就是我说的特别敏感之处；而当王安忆将注意力放到别人的经验上，特别是写市民世俗生活，她和她的个人经验拉开了距离，她的作品也就和我拉开了距离。这个集子里最早的一篇《逐鹿中街》，一九八九年我写过一篇短评，题目叫《庸常的算计和爱情追逐》，虽然是称道作品"不同于常人眼光的洞见和不动声色的表述"，但其实，并不懂这世俗人生中的庄严，譬如我用的词，"庸常""算计""追逐"，和王安忆在这篇自序里的说法对比一下，就知道差异多么分明："《逐鹿中街》，我要表达市民的人生理想和为之付出的奋勇战斗，以及在此战斗中的变态"——一九八九年我大学毕业，二十二岁，还待在校园里继续学业和"精神生活"，能看出"变态"，却不能从"庸常的算计"里看出"人生理想"和"奋勇战斗"，这种情况，也比较普遍吧。

一九九六年，《长恨歌》出版，把她作品中不断增扩的世俗人生故事，推上了一个高点。她赠书，在我名字后面，加上"小友"两个字，这两个字本身也写得小小的——这个称呼，清楚地表明，我们是两代人。

我所以要强调代的不同，是因为，从我个人的经验来说，我们最直接的学习对象，就是上一代，他们是"文革"后的新生群体，到八十年代中期前后，下一代成长到开始有意识地寻找走在前面的人，寻找老师的阶段，他们就成了我们的年轻老师。譬如，我读大学的时候，陈思和老师就是现当代文学研究领域，我们这些学生们最关注的青年学者。王安忆和陈思和老师是同龄人；但她在学校之外，自己正奋力往前走，也许意识不到跟在后面的年轻人。

二〇〇四年春季，王安忆调入复旦中文系，我们成了同事。她最初讲课，是在我开的一门课程里，讲了三次。我印象至深，她每次走上讲台，都先从包里拿出厚厚一叠卡片，然后按照已经理好的顺序，一张一张讲下来。卡片，当它出现在王安忆手里的时候，我一愣，我也曾经做过卡片但早已不再做，连图书馆的卡片箱都废除了，连中文系资料室几十年累积的卡片资料也都不知道扔到了哪里，此时，不期然地，卡片现身于她的课堂。卡片上的内容，卡尔维诺《未来千年文学备忘录》，卡森·麦卡勒斯《婚礼的成员》，苏童《沿铁路行走一公里》，如此等等，不一而足。卡片之外，我想她还有详细的备课笔记,几年之后她能完整地整理出讲稿,就是靠笔记和卡片的详细。这三次课的讲稿,分别是《小说的异质性》《经验性写作》和《虚构》,与此后五六年间的讲稿汇集起来,就是《小说课堂》这本书。在这本书之前,她还有一部小说讲稿,叫《心灵世界》,再版时又叫《小说家的十三堂课》,九十年代中期她在复旦站了一个学期讲台,讲的就是这个,手握粉笔,遇到关键处,转身写黑板。王安忆喜欢讲课,但不喜欢演讲——喜欢作为一个专业教师讲课,不喜欢被当成一个名作家演讲——这之间的差别,其实比通常以为的,还要大一些。

二〇〇四年十二月下旬到二〇〇五年一月末,我和王安忆做了个漫长的对话,陈婧祾录音,后来整理出版为《谈话录》。我们谈了六次,五次是在王安忆定西路的家里,一次在我们文科楼的教研室;次与次之间有意隔几天到一个星期,做点准备;每次围绕一个主题,约两三个小时。谈完之后,一直忙乱,等到二〇〇六年秋冬,我到芝加哥大学,每周除了讲两门课没有别的事,才在空闲中整理出来。书的出版,更迟至二〇〇八年。我一向就不是一个好的对话者，因为话太少；不过这一次，我本来就定下来自己少说，请王安忆多说，我多听。王安忆几次提议我应该多说一些，似乎效果不大。从头到尾整个谈话过程，我都感到愉快而轻松，因为重量多由王安忆承担。她认真，诚恳，坦率，说的都是实实在在的内容，没有一点花哨。我接触过的作家，能说会道的不少，在中国的环境里，他们不得不培养出针对不同对象与场合的说话策略和技巧，时间久了，运用自如，连他们自己都忘记了这些策略和技巧的存在，而这些东西已经悄然内置成他们说话的语法。我与王安忆谈话所感受的愉快，来自于没有策略和技巧的语言，我无须去分辨其中什么样的成分占比多少。这份对当年"小友"的信任，也是她对自己的忠实。没有互相的信任，没有对自己的忠实，还谈什么话。不由得想起好多年前，上海作协开一个王安忆作品的讨论会，请来钱谷融先生，钱先生开口即说，安忆的作品我没有看，我觉得安忆这个人最大的特点，是真诚。哄堂大笑。此时回想起来，尤能体会钱先生的话，似乎无关且言浅,实则意深,又朴素又重要。

转瞬间,王安忆到复旦已经十二年;她的创作,更是几近四十年——有了这样的时间长度,文学道路这类的说法,才更有意义吧。与王安忆一同上路的人,不算少;走到今天还在走的人,已经不多。长路本身,就是考验。

如果让我用最简单的形象来描述王安忆的创作历程,我首先想到的,是一条斜行线,斜率在过程中会有变化,向上却是不变。这条斜行线的起点并不太高,可是它一直往上走,日月年岁推移,它所到达的点不觉间就越来越高;而所有当时的高点,都只是它经过的点,它不迷恋这暂时的高点,总在不停地变化着斜率往上走。它会走到多高?我们无从推测,我想,这条斜行线自己也不知道。如果不是从事后,而是在事先,不论是读者还是作家本人,都很难想象,从《谁是未来的中队长》或者《雨,沙沙沙》起始,会走到《小鲍庄》和"三恋",走到《爱向虚空茫然中》(这只不过是我随手写下的篇名,随意取的点,完全可以替换成其他作品);即使站在为她赢得更多读者的《长恨歌》那个点上展望,也没法预见《天香》,更不可能预见《匿名》——这是一条什么样的道路,要保持着近四十年的斜率,才绵延至现在的暂时的位置。

与斜行线相比较的,有平走的线,可能起点比斜行线的起点高,但它基本一直保持这样的高度,当然,能如此,也不容易;还有抛物线,由低到高,高点出现之后,就是往下而去;还有的,不成线,就是一个点,这个点的位置也可能很高,但孤零零,无法延展。

为什么王安忆的创作历程会是一条向上的斜行线呢?这个问题,虽然不会有完满的答案,但我还是要试着给出我的一个观察,这个观察应该是答案的一部分。

我想到的是一个特别常用、常用到已经很难唤起感受力的词——学习。

不论是作家,还是学者,在他经过努力达到成熟状态之后,我们通常看到的情况是,他很难再有明显进步。他还在写作,还在研究,可是,用W.H.奥登所给出的一个简单的指标检验,拿出他的两本书,单从书本身,你分不出哪本是先写的,哪本是后写的。随着成熟而来的止步,很重要的一个原因,是丧失了学习的能力。他可能还在读书,甚至读得很多,可是没有真正地学习。学习当然不仅仅指书本知识,它说的是一个人在处理和整个世界的关系时,呈现出来的一种身心和精神状态。学习,是对知识,对世界的持续兴趣和好奇。古人说,学而不已,其实很难。一个人如果终生都是学习者,终生保持学习的能力,那真是了不起的事情。王安忆迄今都是一个学习者,我有时不免惊讶,她的学习欲望和学习能力如何能够一直旺盛不衰。

学习肇始于不足和欠缺。王安忆第一部长篇叫《六九届初中生》,她自己就是六九届初中生,十六岁去安徽插队,所受学校教育不足,知识系统有欠缺,这是一个方面;另一方面,从经历来说,虽然有知青生活,但算不上特别波折,回到上海之后,做过几年编辑,即进入职业写作状态,要说人生经验,同代作家中丰厚复杂的,大有人在,比起来也是不足和欠缺。这两个方面,王安忆都有相当自觉的意识。

经验的相对平淡,反倒促成了王安忆对经验的精细分析和深度挖掘,她懂得珍惜,不会浪费,不会草率地处理;经验对她的写作来说,是一个出发点,而不是目的地。除此之外,她更另辟新路,思考和实践不依赖于自身经验的文学写作。考虑到中国当代创作中对经验的过度依赖,肆意挥霍并不少见,或为经验所束缚——经验把一些作家的想象力局限于经验本身,王安忆这种文学上的实践和思考即显出特别的价值,这里不论。

回到教育的欠缺。二〇一二年,在复旦大学研究生毕业典礼上,王安忆发言说:"我没有受过正统的高等教育,是我终身遗憾,也因此对学府生活心向往之,可说是个教育信仰者。请不要把我当作一个在大学门外完成教养的范例,事实上,倘若我能在学府中度过学习的日子,我会比现在做得更好。"这个想法,此前她多次表达过。

不足和欠缺本身是限制性的,但意识到它,而且意识达到一定的强度，有可能反转出破除限制的能量。

王安忆的解决方法不是避重就轻，不是扬长避短，而是，最朴素最老实，学习。这个方法短期不能奏效，也没有捷径可走，就是得踏踏实实，一点一滴积累。所以就成为一个长期的方法，日积之不足，月积之不足，年积之仍不足，那么年复一年，总会有可观的收获；同时，与时日俱移，逐渐也就内化为习惯，内化为需要。

我们有意无意间，会把学习当成人生早期阶段的主要任务，当这个阶段完成，特别是人成熟之后，它便不再是重要的事情。如果是一个写作者，成名成家，更额外带来一种满足感，学习也就更容易被当成已经过去的阶段。但是，人的成熟，仍然可议。成熟不一定是固定在某一种状态，也许还有成熟之后的再成熟，再再成熟，即不同层次的成熟；或者干脆地说，所有的成熟都是不成熟，因而还可以继续生长，也就还需要继续学习。

如果说，王安忆早先是对自己客观存在的不足和欠缺，产生自觉意识而努力去补偿性地学习，那么到后来，她甚至常常是主动地"制造"、主动地暴露自己的不足和欠缺,由此而"再生产"出继续学习的欲望和能力。比如《纪实与虚构》的写作。一个优秀的作家经过较长时期的实践,总有办法把写作控制在自己驾轻就熟的范围内,写出较为完满的作品;但当不满足于轻车熟路,想要扩大写作实践的范围时,就要吃重,就要冒险,就可能露出弱点,显出欠缺。王安忆时不时就会给自己这样一个机会,把斜行线的斜率调到很大。但走过去之后,就是迈过了一道坎,上了一个台阶。我很喜欢《纪实与虚构》这样有野心的作品,不断有野心,也就不断把心野大了,也就越来越不容易满足。在跨六十岁的年龄段,王安忆完成了长篇《匿名》,与以前写个人经验、写人情世故、写市井现实、写城市身世的作品更大有不同,她说,写这部小说,是因为不满足于以前那样的写作;写这部作品的时候,心里不像以前那样有把握和胜算;写好之后,更是困惑,以后要写什么呢?使我满足的写作是什么呢?

不满足,没有把握,困惑,发问,这些从写作开始到结束之后的感受，不也正是学习过程中的应有之义？学习和写作是两回事，可是你看，写作在这里就变成了学习。《匿名》，不正是对知识，对世界，对文明，对人，怀着强烈的好奇、一而再再而三地探询、大胆地刨根问底、小心翼翼地尝试求解？

学习，这个词太平淡了，说一个人是学习者，通常就比不上，比如说一个人是天才，有魅惑力。而创作，我们强调它不同于普通的工作，因此也就常常突出天分、才华、灵感、启示等的非凡作用，有的作家喜欢讲类似于神灵附体的极端体验，不明就里的人崇拜神秘性，愿意相信某首诗是上帝借某个诗人的手写下的。当然，我们无法否认这些，也不必否认。我不会无视王安忆独特的天分和才华，我想她一定也偶尔经历过灵感和启示降临的特殊时刻，但是这几样，没有一样能够支撑任何一个作家走三十年、四十年的写作上坡路。一个学习者，却能够以持续的学习不断开发出的能量，充实自己，走得更长更远。天才害怕时间的消耗，而学习，恰恰需要时间结伴而行，需要时间来帮助，来成就。一个学习者不怕年岁的增长，只会担心时间不够用。而且，在学习中激发天分，擅用才华，创造灵感，发现启示，也正是学习分内的事情。一个有才华的写作者，如果同时还一直是一个勤勉、诚恳的学习者，一个时间都愿意持续帮助的人——还有什么样的帮助比时间的帮助更为长久——你真的很难预测，这一条写作的道路会伸展到什么地方。

从对不足和欠缺的补偿性学习，到努力把学习所得吸收和融化于写作，再到把写作变为一种特殊方式的学习，我觉得，在绵延的时间中，王安忆把学习的精义发挥得淋漓尽致——与此同时，她写作的斜行线，也层层上出。

这条长长的上出的斜行线，是学习对学习者的回馈，也是学习者向学习的致敬。

张新颖

二〇一六年一月二十五日，上海

（原载《小说评论》2016年第3期）

坚硬的河岸流动的水
——《纪实与虚构》和王安忆写作的理想

原载《当代作家评论》1993 年第 5 期。

一

长篇小说《纪实与虚构》[1]让我去重温王安忆写作小说的理想,它是以否定的形式表达的:一、不要特殊环境特殊人物;二、不要材料太多;三、不要语言的风格化;四、不要独特性。[2] 这"四不要"没有各自的对应项,也就是说,与之相对应的不是四项,而是一个理想整体。这个理想整体被作家感觉到了,却没办法以正面肯定的形式直接表达出来,而且也没办法"一下子"表达出来,所以要分开来一项一项去说,像围绕着一个几乎是不可企及的中心打转。然而也正因为没有直接地、"整体性"地表达这个理想整体,而采取一种分割否定的方法,这种表述反而显得干脆、利落、明确。王安忆看重小说总体性的表达效果、自身即具有重大意义的情节、

---

[1] 这部作品发表于《收获》1993年第2期,题名为《纪实和虚构》;本文的写作,即依据此版本。单行本后出,题名《纪实与虚构》,此后这部作品的名称,从单行本。
[2] 王安忆:《故事和讲故事·自序》,《故事和讲故事》,第1页,杭州:浙江文艺出版社,1991年。

故事发展的内部动力,而对于偶然性、趣味性、个人标记、写作技巧等的夸大使用持一种警惕和怀疑态度。从这里不难看出,王安忆有意识地要摒弃一些不少当代作家所孜孜以求的东西。在探究当代长篇小说创作的困境时,王安忆试图从更根本处着眼,她说:"我们的了悟式的思维方式则是在一种思想诞生的同时已完成了一切而抵达归宿,走了一个美妙的圆圈,然而就此完毕,再没了发展动机。因此,也可说我们的思维方式的本质就是短篇小说,而非长篇小说。"[1] 与此相分立的是一种逻辑式的思维方式,在小说物质化的过程中,它被王安忆当作一件有力的武器抓在手里,意欲凭借它来解决创作中的顽症,特别是打破长篇小说的窘局。

由王安忆的这些想法,肯定可以引发出有关小说创作和小说理论的非常有意思、有价值的讨论,但现在还是先来看看《纪实与虚构》这部作品,以作品作实证,回过头来再探讨一些理论问题。

---

[1] 王安忆:《我看长篇小说》,《故事和讲故事》,第43页。

二

《纪实与虚构》是一个城市人的自我"交待"和自我追溯,一部作品,回答两个问题:你是谁家的孩子?你怎么长大的?小说很清楚地分成两个部分,一部分是"我"的成长史,另一部分是"我"寻找自己生命的最初根源。两部分交叉叙述,最后接头,合二而一,有浑然成体的效果。成长和寻根,在这几年的小说创作中都算得上被集中开发的题材,特别是对于八十年代在文坛上崛起的一批青年作家来说,自我经验的世界可能是他们最迷恋也最容易向文学转化的世界,其中成长与启悟的主题一再被各具特色的叙述展开,像苏童的"香椿街少年"系列,像余华的《呼喊与细雨》,像迟子建的《树下》,甚至于王朔的《动物凶猛》,等等;至于寻根以类似文学运动的形式成为文坛一时的中心现象和话题,就不必再说了。王安忆本人身处其中,在这两个向度上的探索都有不凡成就,也不必再说。但是《纪实与虚构》把成长和寻根结合起来，贯穿起来，不是把两种性质的内容简单拼凑，而是把两个分裂的世界弥合成一个世界，这样的本领就不太一般了。

　　从结构上讲，《纪实与虚构》好像是"谁家的孩子怎么长大"的逻辑展开，由此建立起作品的纵和横的关系，形成作品的基本框架。逻辑的起点是寻找答案的提问，然后就顺理成章，一路写将下来。但是，这并非创作的完整过程，我们或许有可能从逻辑起点往前追问，即：这样的问题是怎样提出来的？为什么会有这样的问题提出来？在密密麻麻的书页间，语词有时会指示、会释放，有时又会掩饰、会遮蔽一个仿佛幽灵般的影子，它的名字叫焦虑。按照一般的说法，焦虑总是喜欢跟性格内倾、习惯冥想、懒于行动的人缠在一起，我们的叙述者似乎恰好正属于这类人。但这种一般的说法几乎不说明任何问题，对于作品的叙述者来说，她敏感到的自我困境才是最突出的：时间上，只有现在，没有过去；空间上，只有自己，没有别人。这样一种生存境况本身并不足以引发焦虑，不在乎的人完全可以反问，没有过去，没有别人，又怎么样？但叙述者却很在乎，她要确立自我的位置，而位置的确立，在她看来，必须依靠一种有机的关系，这种关系既包括时间上的，又包括空间上的，即"她这个人是怎么来到世上，又与她周围事物处于什么样的关系"。

这样看来，无根的焦虑好像是个人的，作品也是从此出发：在上海，她是个外乡人，是随着革命家庭一起进驻城市的，没有复杂的社会关系和历史渊源，没有亲戚串门和上坟祭祖之类的日常活动。也就是说，她丧失了自己的"起源"，而"起源对我们的重要性在于它可使我们至少看见一端的光亮，而不至陷入彻底的茫"。"没有家族神话，我们都成了孤儿，悾悾惶惶，我们生命的一头隐在伸手不见五指的黑暗里，另一头隐在迷雾中。"为缓解焦虑，改变孤儿的身份，她试着开始自己动手建立一个家族神话。王安忆从母亲的姓氏"茹"入手，追根溯源，确立自己是北魏的一个游牧民族柔然的后代，柔然族历尽沧桑世变，归并蒙古族，劫后余生者后来又从漠北草原迁至江南母亲的故乡。王安忆在浙江绍兴寻到"茹家楼",家族神话最终完成。

另一方面,成长的焦虑好像也是个人的。在小说里,成长可以具体化为叙述者与周围世界的关系。这一叙述至少有两个方面的特征:一、与叙述者建立关系的任何人事都不具有自主性,他们只是因为与"我"发生关联才有意义,这种意义是"我"的,而不是他们自身的,因此他们中几乎每一个人都是"无名"的;二、叙述者成长的社会文化背景对成长本身来说完全是偶然的,不重要的,因此作品根本无心为某个时代留影,无心成为特定社会的反映,外在的现实世界只不过碰巧为成长提供了某种情境,只是因为与成长有关系才有意义,这种意义也是关系性的意义,至于其本身的独立性完全超出了关心的范围。比如说写到"文化大革命"奇遇,"文化大革命"只是为奇遇提供了机会,其他一切俱无关大旨。叙述有意无意对关系性存在本身特质的忽略,正突出了一种"自我中心"的关注热情,换句话说,自我的焦虑几乎压倒了一切，成长过程中当下的迷茫与孤独、对将来的幻想和恐惧，乃至一丝一毫纤细无比的感受，只要对自己意义重大，哪怕在别人看来枯燥乏味、啰里啰嗦，都一一道来，使叙述者无暇他顾。

但是，上述两方面焦虑的个人性又都是可以推倒的，也就是说，其本身并不多么独特，它可以抽象化，能够被普遍感受到。叙述者的成长史未尝不可以看成是一部分城市人的心史；而且，王安忆叙述成长时把与外界的关系归纳分类，比如奇遇、爱情等等，这种类型化的关系不可避免地要消除其中部分的独特性，使之普泛化。从根本上说，类型化的成长焦虑每个人都无法回避，它是成长的必要条件。成长期间出现一些问题，包括自我追问，都该视为应有之义。城市里外乡人的漂泊感自然可能激发对自我根源的寻找，其实，每一个城市人都是外乡人，每一个城市人的根都不在城市，因为城市本身即后来者，是自然地球的外乡。城市人/外乡人看来是空间上的分立，本质上可以视作时间上的差别。以历史的眼光来看，社会的每一步发展都使人类远离自己的根源，而现代社会更可能把每一个人的根铲除干净。因此，偶然的个人的寻根行为，实质正反映出社会普遍的无根焦虑。这样，分属时间和空间上的问题弥合了，成长与寻根的分裂消失了，所有的焦虑其实只是一个基本的现代性焦虑，"谁家的孩子怎么长大"其实也只是一个问题，换成一种普遍的表述方式，即：我是谁？我从哪里来？我到哪里去？

写作是既面对焦虑，又逃避焦虑的一种方式，借助于写作，将焦虑释放，把内在的东西外化，把无形的东西符号化、物质化，似乎是，文字具有某种特殊的"魔力"，用它可以把遍布生命每一处的焦虑"写出来"。当王安忆完成了这部作品，那欢欣鼓舞、温柔激动的感受当然是因为"创造"了一个世界，但仔细分辨，那欢乐其实包含了很大一部分焦虑"写出来"之后的轻松。家族神话建造起来了，归"家"的路虽然漫长，但"家"终于找到了；成长史完成了，人生也告一段落。

然而，轻松和欢乐很快就会失去，因为写作的魔力其实是一种幻想，不可能把焦虑"写出来"后内心就不再存在焦虑，释放之后还会有新的焦虑来充满，重新爬遍生命的每一处。这种局面必然降临的原因是，以一种个体行为的写作去解决普遍的现代焦虑是一种妄想，这个问题本身即不可解决，虽然"我是谁？我从哪里来？我到哪里去？"是以个人之口去发问的，却是问了一个涉及全体生命境况的基本问题。

三

《纪实与虚构》交叉写成长与寻根，客观上即形成两种生存的对照。"纪实与虚构"作为"创造"小说世界的方法，在作品中不可能截然分开，王安忆自己的本意是在纪实的材料基础上进行虚构。但是我总摆不脱一己的感受，即从基本的精神面貌上来确认，在祖先的历史与虚构、自我的历史与纪实之间，可以发现相对应的性质。对于历代祖先的叙述神采飞扬,纵横驰骋,对于自我的叙述则显然窒闷、琐碎、平常、实在。叙述风格的明显不同,正根源于两个世界本身的不同,而虚构一个世界与当下世界相对照,满足一下人生的各种梦想,尤为现代社会的一种文化病。我个人非常欣赏有关祖先世界的那一部分,而王安忆也把这一部分虚构得栩栩如生,令人神往,都可能是这种文化病的征候。王安忆虚构家族神话的时候,有意识地趋向于强盛的血统,选择英雄的形象和业绩作为叙述核心,"我必须要有一位英雄做祖先,我不信我几千年历史中竟没有出过一位英雄。没有英雄我也要创造一位出来,我要他战绩赫赫,众心所向。英雄的光芒穿行于时间的隧道,照亮我们平凡的人世"。这后一句话,正中一个普遍的现代人情结。于是,"那时的星星比现在的星星明亮一千倍,它们光芒四射,炫人眼目,在无云的夜空里,好像白太阳,那时的日头比现在的大而且红,把天染成汪洋血海一片,白云如巨大的帆在血海中航行"。于是,大王旗下,铁马金戈。既有天地精灵之气的凝固与显现,又有生命本能的汹涌澎湃。相比之下，现代人犹犹豫豫，缺乏行动，"与人们的交往总是浅尝辄止，于是只能留几行意义浅薄小题大做的短句"。

不知道话是不是可以这么说，也许没有比做一个作家本身更能代表现代生活的巨大匮乏了，纪实和虚构，抒发和创造，无不是在虚幻、自得的世界里升潜沉浮、欢乐悲哀，王安忆用整整一章的篇幅叙述自己的写作生活，解释自己的作品，其实这是与爱情、奇遇等在同一个层次的生活，写作是一种职业，是一种生存方式，如同古人的跃马挥枪，搏战疆场。

王安忆的家族故事，到了后来，神采渐敛，英气渐弱，而寻根与成长能够合二而一，也正是由于家族的历史变化，从远祖那里，一代代下来，到了我们，就成了现在这副模样。整部作品的结构，到最后也就从两个世界的对照变成了头尾相接。

两个世界的衔接其实是一种不祥的征兆，祖先的世界是无可挽回地消失了，自我成长的世界也正紧跟而去。从创作主体的心理着眼，除去我们刚才讲到的焦虑，还有一种藏匿在全篇每一个字背后的心情，这种心情面对世界的消失无可奈何，有的是绝望，是伤痛，是事后一遍遍的追忆、分析和喃喃自语。但是另外一方面，这个小说世界之所以能够诞生，恰恰是因为现实世界的不断消失。文字的起源本身即有与外在世界不断消失相抗衡的因素，它要把转瞬即逝的东西固定住，保存下来。在文学作品与现实的关系中，文学本身即对曾经发生的现实再度现实化。两相比较，以物质的形式存在的作品确有可能显得比曾经发生然后又消失了的世界更真实，对于王安忆来说，那曾经发生然后又消失了的世界其实是一个假设、一种虚构，更可信的还是小说本身。

但是这样说，完全有可能陷入对文字物质性的过分崇拜。上面曾经提到作家生活的匮乏性质：作家倾向于认为文字现实比真实的现实更重要，但是对于一个以从事写作为存在方式的人来说，这两种现实的界线已经模糊了，写作活动本身是一种真实的现实活动，但结果却是产生一个纸上的现实。在《纪实与虚构》里，王安忆坚持让叙述人进进出出，贯穿始终，以一种后设的形式，不仅展示虚构的世界，而且清清楚楚地表明虚构世界是怎样诞生的，这其实不是一件轻松快乐的事，让活生生的血肉和情感、让自我的生命活动文字化、物质化，其中隐含了一种焦虑式的期待，期待它会长久于世。但是即使如此，它还能保持原初的鲜活性吗？

应该有另外一种清醒的认识：现代人的文字崇拜与较早时代的文字崇拜存在着很大的区别。在久远的时代，人们因为崇拜文字而珍惜文字，现代人却正相反，一切皆可入文，不仅文字的神圣性荡然无存，而且已有泛滥成灾之势。在这样一种文字环境下，真正的写作日益尴尬，要显示出某一部分有些不同、有点珍贵，诚然是件很难的事情。而且，文字的过度使用，使它们的弹性、内涵、表现力减弱到了非常低的程度，且不论对文字的糟蹋，正常的使用已经把文字磨损得非常"旧"了。对于一个作家来说，要向"旧"的文字灌注多少生命的血,赋予多少生命的肉,才能使它们"活"起来,而且"活"下去。《纪实与虚构》读起来有些沉闷,尤其是个人成长史的那部分,也许文字本身该对此负很大的责任,每一个字都张着嘴吞噬作家的血肉、情感、想象,但是它们却并不承诺做同等程度的还报,它们从作家那儿吞噬的和向读者散发的,并不等值,作家不免有些"冤枉"。

四

在对《纪实与虚构》做了上述理解之后,回头考虑本文开始提出的问题,一时觉得有些接不上话荏。为什么会这样呢?

没有可以量化的标准用来测定这部作品和王安忆的写作理想之间究竟有多大的距离,但不妨说作品基本接近"四不要"的要求,"谁家的孩子怎么长大"这样一个从自我出发引出的问题,被上升为一个基本的现代性问题,特殊环境、特殊人物、独特性和语言的风格化等都被普遍性大大减弱了,而这个问题按照逻辑原则向两个方向不断滚动、铺展，使作品成为一部气势恢宏、容量丰富的长篇，在形式上也具备了长篇小说的结构形式和规模，这一点不在话下。

如果这样问一句，即便如此又如何？该怎么回答呢？

本质上王安忆对逻辑力量的强调与"四不要"的说法是相通的，甚至是在表达一个东西，逻辑即不要特殊性、不要风格化的硬性力量，从另一方面来讲，这种力量也正可以用来补充个人经验的积累和认识，突破个人性的限制。在现代写作中，小说物质化的过程是不可避免的，"并且，由于越来越多的作者成为职业性的，而失去最初时期'有感而发'的环境，强迫性地生起创造的意识，因此，长篇小说的繁荣大约也不会太远了"。同时，王安忆指出："然而，创造，却是一个包含了科学意义的劳动。这种劳动，带有一些机械性质的意义，因此便具有无尽的推动力和构造力。从西方文学批评的方式与我们的批评方式的比较中，也可以很清晰地看到，他们对待作品，有如对待一件物质性的工作对象，而批评家本身，也颇似一位操作者与解剖者，他们机械地分解对象的构造，检验每一个零件。而我们的批评家则更像一位诗人在谈对另一位诗人的感想，一位散文家在谈对另一位散文家的感想。"[1]

这些想法出语不凡，确实可能击中了当代长篇创作和文学批评的某些症结，但是理性化的表述是一回事，创作本身又可能是另外一回事。虽说职业写作中有感而发的冲动越来越少，对小说物质化的认识也越来越必要，但是物质化本身不足以构成小说，"四不要"和逻辑力量本身不足以成就文学。如果把文学作品看成是流动的、波澜万状的水，那么以否定形式表达的干脆、利落、明确的写作理想，绝不拖泥带水的逻辑力量，以及所有的关于文学的理性化认识，就可以比作坚硬的河岸。坚硬的河岸本身即可以成为独立的风景，而且别有情致；但是当流动的水和河岸组合在一起的时候，人们往往观水忘岸。事实上，文学河岸自觉地从人的视野中

---

[1] 王安忆：《我看长篇小说》，《故事和讲故事》，第42页。

退隐,并不意味着它的屈辱,它该做的就是规范水流的方向,不让水流盲无目的或者泛滥成灾。再说,无论如何优秀的河岸本身都不能产生流水,《纪实与虚构》从"谁家的孩子怎么长大"这一问题进行逻辑展开,但这个问题的提出,如上面的作品分析,本身不是逻辑的结果。比喻的表达方式不免有些隔靴搔痒,但《纪实与虚构》确实让我感觉到了小说物质化的认识对于小说本身的侵害,在这部作品中,确实有一部分过于坚硬,未能为作品本身所融化。话又说回来,也许整部作品从中颇多获益,利弊相依,哪里就那么容易取此舍彼。

从王安忆的整个创作历程来看,对于小说物质化的清醒认识是她的创作历久不衰、笔锋愈健、气魄愈大、内涵愈厚的重要原因,像《叔叔的故事》这样非同一般的作品,也有赖于此。而且王安忆的创作生命要坚持下去,此种清醒的认识不可或缺。事实上这一点对整个当代创作都有启发意义。但是在具体作品中,物质化不应该成为铁律,不能用它过分压抑特殊性和个人性。王安忆写作理想的否定式表述形式本身可能隐含了某种危险，表述上的干脆、利落、明确的特征，如果不自觉地过渡成为表述内容的特征，就可能是不恰当的——写作理想本身不该是干脆、利落、明确的。泛泛地说，理想应该"软"一点，向写作的多种可能性敞开而不是压抑可能性；但另一方面，不切实际地强调可能性又或许会使理想显得过于虚幻，不着边际。这两方面的恰当平衡需要从写作实践的不断调整中获得。

五

文章写到这里，本打算就糊里糊涂地结束了。不想翻新出《读书》杂志，看到费孝通先生的一篇《寻根絮语》，考证自己费姓的来龙去脉，与王安忆的个人寻根颇有不谋而合、异曲同工的意味。文章最后说：

> 寻根絮语不是一篇学术论文，耄耋之年不可能有此壮志了。写此絮语只能说是和下围棋、打桥牌

一般的日常脑力操练,希望智力衰退得慢一点而已。当然,如果一定要提高一个层次来说,寻根就是不忘本。不忘本倒是件有关做人之道的大事。在此不多唠叨了。[1]

"歪读"此文,颇觉"日常脑力操练"之说,与小说的物质化认识相通;至于寻根有关"不忘本"和"做人之道",此话可以看成泛泛而谈,也不妨严肃一点、形而上一点来理解。不管是"本",还是"道",都是需要不断去说却总也说不清的,《纪实与虚约》就在说这总也说不清的问题,寻根是不忘"本",成长史是"做人之道","道",既是冥冥中的"大道",也是无限展开的"道路"。由此,似乎也找到了为自己的文章写得糊里糊涂开脱的理由。

一九九三年五月

---

[1] 费孝通:《寻根絮语》,《读书》1993 年第 4 期。

"我们"的叙事

——王安忆在九十年代后半期的写作

原载《文学报》1999年9月16日。

一　不像小说的小说

一九九六年,王安忆发表了头年完成的《姊妹们》,接下来,一九九七年发表《蚌埠》《文工团》,一九九八年发表《隐居的时代》,到一九九九年,在与《喜宴》《开会》两个短篇一块儿发表的短文里,她明确地说:"我写农村,并不是出于怀旧,也不是为祭奠插队的日子,而是因为,农村生活的方式,在我眼里日渐呈现出审美的性质,上升为形式。这取决于它是一种缓慢的,曲折的,委婉的生活,边缘比较模糊,伸着一些触角,有着漫流的自由的形态。"[1]

这期间王安忆还在写着另外不同类型的作品,像短篇《天仙配》、中篇《忧伤的年代》和断断续续进行着的《屋顶上的童话》系列,还有事先没有一点声张,等到出来时不禁让人惊异的《富萍》:又是一个长篇。这些作品不仅与上述一组作品不大一样,而且各自之间也差异明显。这里我们暂不讨

---

[1] 王安忆:《生活的形式》,《上海文学》1999 年第 5 期。

论。且让我们只看看那一组不少人觉得不像小说的小说。

为什么会觉得不像小说呢？早在九十年代初，王安忆就清楚地表达了她小说写作的理想：一、不要特殊环境特殊人物，二、不要材料太多，三、不要语言的风格化，四、不要独特性。这"四不要"其实是有点惊世骇俗的，因为她不要的东西正是许多作家竭力追求的东西，是文学持续发展、花样翻新的驱动力。我们设想着却设想不出抱着这一理想的王安忆会走多远。现在读王安忆这些年的作品，发觉我们这一设想的方向错了。小说这一形式，在漫长的岁月里，特别是在二十世纪，本身已经走得够远了，甚至远得过度了，它脚下的路恐怕不单单是小路、奇径，而且说不定已经是迷途和险境。所以王安忆不是要在已经走得够远的路上再走多远，而是从狭窄的独特性和个人化的、创新强迫症（"创新这条狗"在多少创作者心中吠叫）愈演愈烈的歧路上后退，返回小说艺术的大道。

于是在王安忆的这一系列小说中，我们读到了内在的舒缓和从容。叙述者不是强迫叙述行为去经历一次虚拟的冒险,或者硬要叙述行为无中生有地创造出某种新的可能性。不,不是这样,叙述回归到平常的状态,它不需要刻意表现自己,突出自己的存在。当"写什么"和"怎么写"孰轻孰重成为问题的时候,"偏至"就难免要发生了。而在王安忆这里,叙述与叙述对象是合一的,因为在根本上,王安忆秉承一种朴素的小说观念:"小说这东西,难就难在它是现实生活的艺术,所以必须在现实中找寻它的审美性质,也就是寻找生活的形式。现在,我就找到了我们的村庄。"[1]

好了,接下来我们要问,"我"从"我们的村庄",还有"我们团"、"我们"暂时安顿身心的城市,"我们"经历的那个时代,找到了什么?

二 理性化的"乡土文明志"

作为新文化运动重要组成部分的中国新文学,从它初生

---

[1] 王安忆:《生活的形式》。

之时起就表明了它是追求现代文明的文学,它的发起者和承继者是转型过来的或新生的现代知识分子,文学是促进国家和民族向现代社会形态转化并表达个人的现代性意识和意愿的方式。今天回过头去看,在这样一种主导特征下,新文学作品的叙述者于诸多方面就显示出了相当的一致性,就是这种一致性,构成了今天被称之为"宏大叙事"的传统。举乡土文学的例子来说,我们发现,诸多作家在描述乡土中国的时候,自觉采取的都是现代知识分子的标准和态度,他们的眼光都有些像医生打量病人要找出病根的眼光,他们看到了蒙昧、愚陋、劣根性,他们哀其不幸怒其不争。他们站在现代文明的立场上,看到这一片乡土在文明之外。其实他们之中大多出身于这一片乡土,可是由此走出,经受了文明的洗礼之后,再回头看本乡本土,他们的眼光就变得厉害了。不过,在这一叙事传统之内的乡土文学,与其说描述了本乡本土的形态和情境,倒不如说揭示了现代文明这一镜头的取景和聚焦。这些作家本身可能非常熟悉乡土生活,对本乡本土怀抱着深厚的感情和眷念，可是，当他们以一个现代知识分子的眼光并且只是以一个现代知识分子的眼光审视这一片乡土的时候，他就变得不能理解自己的乡土了——如果不能从乡土的立场上来理解乡土，就不能理解乡土。

所以并不奇怪，我们的乡土文学常常给人以单调、沉闷、压抑的印象。民间的丰富活力和乡土文明的复杂形态被叙述者先入为主的观念遮蔽了，被单纯追求现代性的取景框舍弃了。不过仍然值得庆幸，所谓"宏大叙事"从来就不可能涵盖全部的叙述，我们毕竟还可以看到沈从文的湘西，萧红的呼兰河，乃至赵树理的北方农村，这些作品毕竟呈现出主导特征和传统控制之外的多种有意味的情形。

说了这么多，本意只是为了以一种叙事传统与王安忆的小说相对照，这一对照就显出王安忆平平常常叙述的作品不那么平常的意义来：从中我们能够看到，她发现了或试图去发现乡土中国的文明；而若以上述叙事传统的眼光看来，这样的乡土是在文明之外的。在二十世纪的中国，我们显然更容易理解后一种文明：西方式的，现代的，追求进步和发展的外来文明，而对于乡土文明，却真的说不上知悉和理解了。

正是在这种一般性的认知情形中，王安忆的小说成为一种不被视为文明的文明的知音和载体，成为一种探究和理解，一种述说和揭示，一种乡土文明志。你知道《姊妹们》是怎样开篇的吗？"我们庄以富裕著称。不少遥远的村庄向往着来看上一眼，这'青砖到顶'的村庄。从文明史的角度来说，我们庄处处体现出一个成熟的农业社会的特征。"——这就是了。

和九十年代初《九月寓言》这样的作品相比较，张炜的胶东乡村生活回忆录把一种自然的、野性的民间生命力张扬得淋漓尽致，它的背后是一种抒情的态度，那野歌野调的唱者不仅投入而且要和歌咏的对象融合为一；王安忆的淮北乡土文明志则是守分寸的、理性化的，它的背后是分析和理解的态度，因而也是隔开一点感情距离的。这样一种经过漫长岁月淘洗和教化的乡土文明，远离都市，又远非自然，有着一副世故的表情，不那么让人喜欢的，可是必须细心去了解，才可了解世故、古板、守规矩等之下的深刻的人性："这人性为了合理的生存，不断地进行着修正，付出了自由的代价，却是真心向善的。它不是富有诗情的，可在它的沉闷之中包含着理性。"立基于这样宽厚、通达、有情的认识，《姊妹们》才把那一群出嫁之前的乡村少女写得那么美丽活现，又令人黯然神伤。

三 "两种文明"的奇遇

王安忆甚至发现，在被普遍视为保守的、自足性极强的乡土文明中，其实潜藏着许多可能性和强大的洇染力，譬如对并非出自这种文明的人与事的理解和融汇。《隐居的时代》写到一群"六·二六"下放到农村的医生。王安忆在文中说："当我从青春荒凉的命运里走出来，放下了个人的恩怨，能够冷静地回想我所插队的那个乡村，以及那里的农民们，我发现农民们其实天生有着艺术的气质。他们有才能欣赏那种和他们不一样的人,他们对他们所生活在其中的环境和人群,是有批判力的,他们也有才能从纷纭的现象中分辨出什么是真正的独特。"你看接下来描述的"两种文明"的奇遇:"现在,又有了黄医师,他给我们庄,增添了一种新颖的格调,这是由知识,学问,文雅的性情,孩童的纯净心底,还有人生的忧愁合成的。它其实暗合着我们庄的心意。像我们庄这样一个古老的乡村,它是带有些返朴归真的意思,许多见识是压在很低的底处,深藏不露。它和黄医师,彼此都是不自知的,但却达成了协调。这种协调很深刻,不是表面上的融洽,亲热,往来和交道,它表面上甚至是有些不合适的,有些滑稽,就像黄医师,走着那种城里人的步子,手里却拿着那块香喷喷的麦面饼。这情景真是天真极了,就是在这天真里,产生了协调。有些像音乐里的调性关系,最远的往往是最近的,最近的同时又是最远的。"

《隐居的时代》还写了插队知青的文学生活,写了一个县城中学来历特殊的老师们,这些都清楚不过地表明,在大一统的意志下和荒漠时期，精神需求，对美的敏感，知识和文化，潜藏和隐居到了地理的夹缝和历史的角落里，这样的夹缝和角落不仅使得它们避免流失散尽，保留下相传承继的文明火种，而且，它们也多多少少改变了他们栖身的所在——一种新的、外来的因素，"很不起眼地嵌在这些偏僻的历史的墙缝里，慢慢地长了进去，成为它的一部分"，就像下乡的医疗队和黄医师，"它微妙地影响了一个村庄的气质"。

《文工团》也写到了不同文明的相遇，只是其中所包含的挣扎求存的能量左冲右突，却总是不得其所。"文工团"是革命新文艺的产物，可是"我们这个地区级文工团的前身，是一个柳子戏剧团"。新文明的团体脱胎于旧文明的戏班子，譬如说其中的老艺人，他们与生俱来的土根性，他们代代承传的老做派，将怎样委曲求全地适应新文艺的要求，而在历经改造之后却又脱胎不换骨？这个由老艺人、大学生、学员以及自费跟团学习等带着各自特征的人员杂糅组成的文工团，在时代的变幻莫测中风雨飘摇，颠沛流离，终于撑持到尽头。

四　"我"隐退到"我们"

现在，让我们回到与王安忆这些小说初逢时的印象。这些作品，起意就好像置小说的传统规范和通常的构成要素、构成方式于不顾，作者就好像日常谈话似的，把过往生活存留在记忆里的琐屑、平淡、零散的人事细节，絮絮叨叨地讲出来，起初你好像是有些不在意的，可是慢慢地，你越来越惊异，那么多不起眼的东西逐渐"累积"（而不是传统小说的"发展"过程）起来，最终就成了"我们庄"和自由、美丽地表达着"我们庄"人性的姊妹们，就成了一个萍水相逢的城市蚌埠和"我们"初涉艰难世事的少年岁月，就成了文工团和文工团执着而可怜的惊心动魄的故事。"发展"使小说的形态时间化，而"累积"使小说的形态空间化了，开始我们还只是认为叙述只是在不断填充着这些空间："我们庄"、文工团、隐居者的藏身之处，后来才惊异地看到这些空间本身在为叙述所建造的主体,那些人事细节就好像这个主体的鼻子、眼睛、心灵和一举一动的历史。能够走到这一步,不能不说是大大得力于一个亲切的名之曰"我们"的复数叙述者。"我们"是扬弃了"我"——它往往会演变成恶性膨胀的叙述主体,严锋在《文工团》的简评中说,在新时期的文学中到处可见一个矫揉造作的叙事者,或洋洋得意,或顾影自怜,或故作冷漠,怎一个"我"字了得——而得到的。

"我"并非消失了,而是隐退到"我们"之中。

一九九九年九月

一物之通,生机处处

——王安忆《天香》的几个层次

原载《当代作家评论》2011年第4期。

一物之通，生机处处

一

大概是三十多年前，王安忆留意到上海的一种特产——"顾绣"，那是晚明出自露香园顾氏家族女眷们的针线手艺，本是消闲，后来却成了维持家道的生计。人生的经验（哪怕只是注意力的经验）真是一点一滴都不会浪费，经过了这么长的时间，这颗有意无意间撒下的"种子"，积蓄了力量，准备起破土的计划——王安忆要把最初的留意和长时间的酝酿，变成写作。

这就开始了另一个阶段，自觉工作的阶段。

我想之前的酝酿阶段，其实有很大一部分是不自觉的，跟将来要写的这个作品没有直接关系，却又是特别重要的，重要到什么程度呢？重要到要为这个作品准备好一个作者的程度。这话说起来有点绕，那简单一点说，就是，要写这部作品的王安忆已经不同于写《长恨歌》的王安忆，当然更不同于再早的王安忆。这一点后面谈这部作品时会有些微的触及。

在有意识的自觉阶段,遇到的一个个具体困难和克服困难的一项项工作就是无法避免的。王安忆一直强调她是一个写实的作家,那就得受"实"的限制,不能像那些自恃才华超群的作家天马行空地虚构历史。要进入从晚明到清初的这个时代里,还得做许多扎扎实实的笨功课。这方面的情形,王安忆在和《收获》的责任编辑钟红明对话时有一些披露。[1] 小说的想象力,必须遵守生活的纪律,遵循历史的逻辑,不能凭空想象,这是王安忆一贯的写作态度和方式。花力气做功课,在她个人是自然的事,在熟悉她的文学观的人看来,也没有多少惊奇可言。

但我读这部作品,读出了意外的惊喜。这部作品有几个不同的层次,这是其一;其二,不同层次之间,又不是隔断的,而是呼应的、循环的、融通的,有机地构成了作品的整体气象。

---

[1] 王安忆、钟红明:《访问〈天香〉》,《上海文学》2011年第3期。

二

《天香》[1]的故事起于嘉靖三十八年（1559），止于康熙六年（1667）。从晚明到清初这一百多年间，上海一个申姓大家族从兴旺奢华，到繁花将尽——但王安忆写的不是家族的兴衰史，而是在这个家族兴衰的舞台上，一项女性的刺绣工艺——"天香园绣"如何产生，如何提升到出神入化、天下绝品的境地，又如何从至高的精尖处回落，流出天香园，流向轰轰烈烈的世俗民间，与百姓日用生计相连。这最后的阶段，按照惯常的思路容易写成衰落，这物件的衰落与家族的衰落相对应；倘若真这样"顺理成章"地处理，必然落入俗套且不说，更重要的是，扼杀了生机。王安忆的"物质文化史"却反写衰落，最终还有力量把"天香园绣"的命运推向广阔的生机

---

[1] 王安忆：《天香》，台北：麦田出版，2011年。本文引用依据此版本，在文中标出页码。

之中。

其实从家族历史来说，小说开初，写造园，写享乐，写各类奢华，已经是在兴旺的顶点上了；再往后，就只能走下坡路，只是一开始下坡的感觉不会那么明显，但趋势已成。"天香园绣"生于这样的家族趋势中，却逆势成长，往上走，上出一层，又上出一层。要说生机，这个物件本身的历史亦不妨说成生机的历史。小物件，却有逆大势的生机，便是大生机。

物的背后是人，物质文化史隐藏着生命活动的信息。早在正式从事物质文化史研究之前的一九四九年，沈从文就在一篇自传里形象地说到这种关系："看到小银匠捶制银锁银鱼，一面因事流泪，一面用小钢模敲击花纹。看到小木匠和小媳妇作手艺，我发现了工作成果以外工作者的情绪或紧贴，或游离。并明白一件艺术品的制作，除劳动外还有个更多方面的相互依存关系"，对于工艺美术的爱好，"有一点还想特别提出，即爱好的不仅仅是美术，还更爱那个产生动人作品的性格的心,一种真正'人'的素朴的心"[1]。说到人,说到性格,说到心,那就是小说的擅场了。"天香园绣"的历史,就是几代女性的手和心所创造的。

先是出身苏州世代织工的闵女儿,把上乘绣艺带进天香园;遇上秉承书香渊源的小绸,绣艺融入诗心,才更上层楼。小绸是柯海的妻子,为柯海纳闵女儿为妾而郁闷无已,曾作璇玑图以自寄;若没有妯娌镇海媳妇从中化解通好,小绸和闵女儿这两个连话都不说的人怎么可能合作,哪里会有"天香园绣"。镇海媳妇早亡,小绸和闵女儿一起绣寿衣,"园子里的声息都偃止了,野鸭群夹着鸳鸯回巢睡了,只这绣阁醒着,那窗户格子,就像是泪眼,盈而不泻。一长串西施牡丹停在寿衣的前襟,从脚面升到颈项了,就在合棺的一霎,一并吐蕊开花,芬芳弥漫"。(第141页)这三个人,是"天香园绣"第一代的关键。所以后来希昭对蕙兰说过这样的话:"天

---

[1] 沈从文:《关于西南漆器及其他》,《沈从文全集》第27卷,第22、23页,太原:北岳文艺出版社,2002年。

香园绣中，不止有艺，有诗书画，还有心，多少人的心！前二者尚能学，后者却决非学不学的事，唯有揣摩，体察，同心同德，方能够得那么一点一滴真知！""前辈人的心事心知，与咱们不知隔了多少层。"（第509页）

"天香园绣"要再往上走，发展到极致，就因缘际会，落到第二代沈希昭身上了，集前辈之大成，开绣画之新境。但在希昭从杭州嫁进天香园的前后，申家的败落已经日益外露，申家老爷要一副上好的棺材木头，还是用希昭首次落款"武陵绣史"的四开屏绣画换来的。闺阁女红不但流出了天香园，而且越来越成为家用的一个来源。不知不觉间，消闲/消费的方式，转变为生产的方式。

要说这个方式的彻底转变，就到第三代蕙兰了。蕙兰是从天香园嫁出去的，要了"天香园绣"的名号做嫁妆，果然在婆媳相依为命的艰难日子里，用绣品支撑起稳定的生活。"天香园绣"到了蕙兰这里别开生面，这个生面不是绣品本身技艺、境界上更加精进，这一点在她婶婶希昭那里已经登峰造极，蕙兰做的是把这项工艺与生活、生计、生命更紧密地联系起来，给了这项工艺更踏实、更朴素、更宽厚的力量。她违逆艺不外传的规矩，设帐授徒，其实是生面大开，那两个无以自立的女徒弟，将来就要以此自立，以此安身。这是她们的生机，也未尝不是"天香园绣"新的生机。落尽华丽，锦心犹在。这样的生机大，而且庄严。

作品中有一段希昭跟蕙兰说"天香园绣"的来历，从闵女儿说起。蕙兰问，那闵又是从何处得艺？这一问真是问得好。答得更好："这就不得而知了……莫小看草莽民间，角角落落里不知藏了多少慧心慧手……大块造物，实是无限久远，天地间，散漫之气蕴无数次聚离，终于凝结成形；又有无数次天时地利人杰相碰相撞，方才花落谁家！"（第508页）起自民间，经过闺阁向上提升精进，又回到民间，到蕙兰这里，就完成了一个循环。没有这个循环，就是不通，不通，也就断了生机。希昭把"天香园绣"推向了极高处，但"高处不胜寒";蕙兰走了向下的路,看起来方向相反,其实条是循环的路,连接起了归处和来处。

三

《天香》写的是物。但一部大体量的作品,如何靠一物支撑?此物的选择就有讲究。王安忆多年前留意"顾绣",不论这出于有意识的选择还是无意识的遭遇,现在回过头去看,是预留了拓展的空间。这一物件选得好,就因为自身含有展开的空间,好就好在它是四通八达的。四通八达是此物本身内含的性质,但作家也要有意识地去响应这种性质,有能力去创造性地写出来才行。

天工开物,织造是一种,织造向上生出绣艺,绣艺向上生出"天香园绣"。但它本质上是工艺品,能上能下。向上是艺术,发展到极处是罕见天才的至高的艺术;向下是实用、日用,与百姓生活相连,与民间生计相关。这是"天香园绣"的上下通,连接起不同层面的世界。

天工开物，假借人手，所以物中有人，有人的性格、遭遇、修养、技巧、慧心、神思。这些因素综合外化，变成有形的物，"天香园绣"是其中之一。这是"天香园绣"的里外通，连接起与各种人事、各色人生的关系。

还有一通，是与时势通，与"气数"通，与历史的大逻辑通。"顾绣"产生于晚明，王安忆说："一旦去了解，却发现那个时代里，样样件件都似乎是为这故事准备的。比如，《天工开物》就是在明代完成的，这可说是一个象征性的事件，象征人对生产技术的认识与掌握已进步到自觉的阶段，这又帮助我理解'顾绣'这一件出品里的含义。"[1] 这不过是"样样件件"的一例，凡此种种，浑成大势与"气数"，"天香园绣"也是顺了、应了、通了这样的大势和"气数"。作品里有一节，对这一通叙述得极有识见和魄力，我以为也是整部作品的一个力量的凝聚点。

这一段出现在第二卷。闵师傅来上海走亲家，在"天香

---

[1] 王安忆、钟红明：《访问〈天香〉》。

园"随处闲看,见到的是残荷杂乱、百花园荒芜、蜘蛛结网、桃林凋败,申家的境况已经了然。但接着上了绣阁,女眷们集中在一起热闹地织绣,不由得"心中却生出一种踏实,仿佛那园子里的荒凉此时忽地烟消云散,回到热腾腾的人间。闵师傅舒出一口气,笑道:好一个繁花胜景!"(第278页)闵师傅兴致盎然地和她们聊了一大会儿——

> 闵师傅出绣阁时,太阳已近中天,树阴投了一地,其间无数晶亮的碎日头,就像漫撒了银币。有一股生机勃勃然,遍地都是,颓圮的竹棚木屋;杂乱的草丛;水面上的浮萍、残荷、败叶间;空落落的碧漪堂;伤了根的桃林里……此时都没了荒芜气,而是蛮横得很。还不止园子自身拔出来的力道,更是来自园子外头,似乎从四面八方合拢而来,强劲到说不定哪一天会将这园子夷平。所以,闵师傅先前以为的气数将尽,实在是因为有更大的气数,势

不可挡摧枯拉朽，这是什么样的气数，又会有如何的造化？闵师傅不禁有些胆寒。出来园子，过方浜进申宅，左右环顾，无处不见桅帆如林，顶上是无际的一片天，那天香园在天地间，如同一粒粟子。

（第284页）

"天香园绣"能逆申家的衰势而兴，不只是闺阁中几个女性的个人才艺和能力，也与这个"更大的气数"息息相关。闵师傅真是有识见的手艺人，能敏锐感知到"园子外头"那种"从四面八方合拢而来"的时势与历史的伟力。闵师傅的识见，其实是作者的识见，放长放宽视界，就能清楚地看到，这"气数"和伟力，把一个几近荒蛮之地造就成了一个繁华鼎沸的上海。

要说《天香》写的是上海，是上海现代"史前"的传奇，那不仅仅是说它写的是"天香园"这"一粒粟子"内部的传奇；还有更大的一层，是造就一座都市的蛮力、时势、"气数"

和历史的大逻辑。这更大的一层没有直接去写,却通过"天香园绣"的兴起和流传,释放出种种强烈的信息。作品的格局,为之大开。如果没有这一层,就只能是"一粒粟子"的体量和格局。王安忆何等的魄力,敢于把她自己一笔一画精心描摹"天香园"的世界称之为"一粒粟子"?因为她有一个更大的参照系,"天香园"外,大历史的脚步声已经轰然响起。

四

"天香园在天地间",天地何谓?"五四"以来,文学里面少有天地,多是人间。人事已经令人招架不暇,哪里还顾得上天地。所以说这一百年来的文学是"人的文学",大致是个事实。古早时候的文学不只是"人的文学",那里面有天地气象。人在天地间,文学岂能自外于天地?

但天地不言,文学又能如何言说?大抽象无法直接说,就从身边可得而观之的天地所生的种种具象、具体的物事说起。举两段花事的描写。

一段出现在第一卷,小绸和闵女儿去看疯和尚种的花畦。两人的情绪都还在镇海媳妇早丧的伤逝之中,之间的关系恰在隔阂将要消除却又无以突破之际,出绣阁,入花田,猛然间一片绚烂至极的景象扑面迎来,来不及反应似地"都屏住了气",忘记天上还是人间。"天地间全让颜色和光线填满了,还有一种无声的声音,充盈于光和色之中。辨不出是怎样的静与响,就觉得光和色都在颤动,人则不禁微悸,轻轻打着颤。"花间还有各种野物在飞舞,活物在拱动——

> 小绸和闵都不敢走动,怕惊醒了什么似的。蝶群又回来了,还有落在她们衣裙的绣花上的。蜂也来了,嗡嗡地从耳边一阵阵掠过,那天地里的响就是它们搅的,就知道有多少野物在飞舞。脚下的地仿佛也在动,又是什么活物在拱,拱,拱出土,长

成不知什么样的东西。这些光色动止全铺排开来，织成类似氤氲的虚静，人处在其中有一种茫然和怅然，不知何时何地，又是何人。要说是会骇怕的，可却又长了胆子，无所畏惧。（第158页）

繁盛至极的花事，平淡地看不过是天地一景，但若有感知，天地也就在其中了。小绸她们猝不及防地遭遇此等胜景，那感知也就格外强烈一些，虽然言语上表达不出，但身处其中的惊悸、茫然和怅然，确是因为触着了另一层境界——远在家族人事、绣阁怨嗔之上的境界——而产生。有一点感知，就会有一点通，有一点通，就会有一点力——天地传导过来的力，"要说是会骇怕的，可却又长了胆子，无所畏惧"，这就是"生生"。

小说第三卷，又有一段写花事，其时蕙兰婆家家道尚可；但不久之后就发生人亡变故，蕙兰亮出手艺，以"天香园绣"支撑家用。某日阿昉邀几位老爷去法华镇看牡丹,农家以稼穑司花事,园里也没有别的点缀,一色的牡丹。"老爷们都笑:乡下人的一根筋,说种牡丹就种牡丹,养得又如此壮硕肥大,都结得出果实了!阿曂说:庄户人家的口味,都厚重。老爷们道:这就是本意了,怎么说?不是正史,亦不是稗史,是渔樵闲话!"接下来描写,寥寥几笔——

> 那牡丹花只是红、紫、白三种本色,并无奇丽,一味地盛开,红的通红,白的雪白,紫的如天鹅绒缎。农家人惜地,在花畦里插种了蚕豆,正结荚,绿生生的,真是有无限的生机。太阳暖洋洋,扑拉拉地撒下光和热,炊烟升起来,携着柴火的气味。
>
> (第400页)

小说首卷的花事瑰丽绚烂之至,这末卷的却是简单朴素之至。连语言句式也简单到家,朴素到勇敢的地步:本色的花,"红的通红,白的雪白"。更朴实的是花畦里的蚕豆和太阳下的柴火气味。生活的气息和人间的烟火,与花事合而为一。"天地有大德曰生",太阳"扑拉拉"撒下的光和热,作用于花,也作用于菜;"生生之谓易",蕙兰把"天香园绣"带出"天香园",带进俗世民间,即"易",也即带进了未来可能的无限生机。

王安忆写上海,这一回推到了现代的"史前",与此前她笔下的现代都市风貌不同,别有天地。要说明代也算不上古,但对上海来说就是"古早"了。在上海的这个"古早"时期,毕竟人近天地,近天地而有感知,近一点,通一点,就是另一层境界,另一种格局。要我说,《天香》在王安忆的上海写作谱系里,不只是新增加了一个品种,不只是多写了一个历史阶段而已,而是上出一层境界,扩出一种格局。放到少有天地、多是人间的当代文学创作中来看,其意义更不可等闲视之。

一物之通，生机处处

五

汪曾祺谈他老师的文物研究，称之为"抒情的考古学"；沈从文八十岁生日，汪曾祺写给他的诗里有一联："玩物从来非丧志，著书老去为抒情。"[1] 沈从文后半生最重要的作品《中国古代服饰研究》，在以文学为学习或研究对象的学生和学者眼里，总不免视之为另外一个领域的专门学问，望而生畏，王德威却劝同学"飞奔"到图书馆找来看一看，或者不妨当作"小说"来读。他没有在文字里写出"小说"这个词，却清晰地勾勒了这部著作叙事和抒情交织的结构："这本书一方面是一个顺时的逻辑性的叙事，但是另一方面却有强烈的随机意味。而这个随机的意味总是因为一件对象而兴起，总是看到一个实在的东西，沈从文有感而发，然后由这个物件开始敷衍出某一时代和环境'穿着'的体制，'穿着'和社

---

[1] 汪曾祺：《星斗其文，赤子其人》，《蒲桥集》，第66页，北京：作家出版社，1992年。

055

会的关系，以及沈从文作为一个考古研究者对于这样一个穿着、式样和意义的感悟。基于此，我甚至大胆地提出来，这是一种'物色'的观念的新体验。无论这是多么狭义的'物'的解释，因为这样一个对物、物象、对象、风物的延伸的理解，沈从文开始他'缘情'的书写。"[1]

王安忆的作品不是关于"顾绣"的考古学著作，而是叙述"天香园绣"的虚构性小说，但写这部作品的王安忆和研究物质文化史的沈从文，在取径、感知、方法诸多方面却有大的相通。王安忆不喜欢"新文艺腔"的"抒情"方式和做派，但"天香园绣"的通性格人心、关时运气数、法天地造化，何尝不是沈从文心目中的"抽象的抒情"。

一物之兴起流转，也关乎历史的大逻辑，也感应天地"生生"之大德。小说似乎可以不理会这些，因为理会了，怕被这些东西压垮，变成历史逻辑的填充物和说明书，变成天

---

[1] 王德威：《抒情传统与中国现代性》，第131页，北京：生活·读书·新知三联书店，2010年。

地之德的说教文和言道书。才力不足,往往致此。小说,按王安忆的比喻,近乎曲,写的是俗情,是世事。我把王安忆的说法理解成小说的一个基本的性质,却并非画地为牢的清规戒律。如果有能力、有悟心、有气魄写俗情世事而与历史的逻辑和天地的生机相通呢?

《淮南子·要略》里有两句话:"故言道而不言事,则无以与世浮沉;言事而不言道,则无以与化游息。"以"与世浮沉"和"与化游息"兼行并用。借用来说《天香》,"言事"而能入乎俗世人情、关乎历史变迁的一面,自然不在话下;"言道",这个说法用不上,太高太重也太抽象了,却分明有朝着这个方向敞开感知的心,我在文中一直避免"道"这个词,而说是近天地,近一点,通一点,感知一点,上出一层。不要嫌一点为少,对于一个人,一部作品来说,对于文学来说,这一点其实是很大的格局和很高的境地。所以我认为,《天香》不仅仅是"世情小说"层次的作品,不仅仅是"轰轰烈烈的小世界";它还有另一个层次,触着了"浩浩荡荡的大天地"。"轰轰烈烈的小世界"和"浩浩荡荡的大天地",也许本就不隔,本就相通。这两个层次融合起来,才使得《天香》生机处处,既庄严正大,又可亲可感,不止不息吧。

二〇一一年四月十二日

《天香》里的"莲"

——王安忆小说的起与收,时间和历史

原载《文汇报·笔会》2011年8月13日。

一

王安忆写小说,还抱持着一种朴素的责任感:来龙去脉,不能马虎,不能讨巧省力,必得有可靠的起点,有环环相扣、经得起推敲的过程,有让人信得过的结局。自从现代主义文学兴起之后,这样本分的态度和老实的写法,就常常不免被视为不合时宜了。

《天香》[1]的叙述,也是如此。

先从起点说起。现代小说的叙述起点,常常是突然放在你面前的,为什么会有这个起点,往往略而不谈,也常常无从追问。像宇宙大爆炸似的,一切从这里开始,那么这里就是起点。王安忆小说的起点,却通常并不是叙述最开始的那个点,而是在叙述中才慢慢形成那个起点。也就是说,起点也有个来路,不是天上掉下来的。《天香》的中心是"天香园

---

[1] 王安忆:《天香》,北京:人民文学出版社,2011年。本文引用依据此版本,在文中标出页码。

绣",要写"天香园绣",先写"天香园",写"天香园"如何从无到有,所以小说第一卷是"造园"。上一辈造园,下一辈长成,娶妻纳妾,女性闺阁伤心寂寞,以绣活遣怀寄情,才逐渐产生了"天香园绣"。"天香园绣"的起点是在闵女儿和小绸拿起绣针的时刻,但她们聚在绣阁、支起花绷、拿起绣针,并不是无缘无故的。

有了这个起点再往后,这一路漫长,从第一代小绸和闵女儿的开创之功,到第二代希昭的绣画新境,再到第三代蕙兰的外传流布,上出下潜,波折变化,是小说的主体,也就是那个一步一步往前推进的过程。

写到哪里为止呢?小说最后一段文字是:"康熙六年,绣幔中出品一幅绣字,《董其昌行书昼锦堂记》。其自蕙兰始,渐成规矩,每学成后,便绣数字,代代相接,终绣成全文;四百八十八字,字字如莲,莲开遍地。"(第407页)

这好像只是以交代收尾,其实却不能看成只是交代。"字字如莲"是一层意象,"莲开遍地"是更上一层的意象,八个字，两层意象，两重境界。全书的力量最终汇聚于此，集中迸发出"莲开遍地"的光辉：深蕴，阔大，落实，而生机盎然。

以此收尾，既是收，也是放，收得住，又放得开，而境界全出。但其来路，也即历史，却也是从无到有，一步一步走来，步步有落脚处，步步有向上心，见出有情生命的庄严。

二

从最后的"莲"往回追溯，我们来看看"莲"这个词，是怎么一步一步演化的，怎么从物象变成意象，又怎么从普通的意象变成托境界而出的中心意象。小说很多地方写"莲"，王安忆下笔之时，未必前思后想，有意处处照应，倘若那样，也就刻板了；但也绝不是信笔涂鸦，写于当写之处，至于此处和彼处的关系，即使不做设计，也会自然生成。作者也许无意，读者却不妨有心。

小说开篇写"造园"，园成之时，已过栽莲季节，年轻的柯海荒唐使性，从四方车载人拉，造出"一夜莲花"的奇闻。

这样的莲花,不过就是莲花而已;柯海的父亲夜宴宾客,先自制蜡烛,烛内嵌入花蕊,放置在荷花芯子里,点亮莲池内一朵朵荷花,立时香云缭绕,是为"香云海"。"香云海"似乎比"一夜莲花"上品,但其实还是柯海妻子小绸说得透彻,不过是靠银子堆砌。如果联系到上面说的起点问题,这里的叙述就还在"天香园绣"的起点之前,起点之前有"莲",但这个词也就是一个普通意义上指物的词。

待到起点,"莲"再次出现,此时,叙述的笔调就不一样了。闵女儿嫁给柯海为妾,新来乍到,敛声息气,一个人孤单的时候多,就拿出娘家带来的绣花的家什:挑出一张睡莲图,覆上绫子,用炭笔描下来花瓣叶条,再针绣。娘家是苏州世代织工,绣活自小就会,但此时此刻,情境与在娘家做女儿时当然大大不同:

> 这一幅睡莲图是漫天地撒开,闵女儿好像看见了自家庭院里那几口大缸里的花,停在水面,……

> 那浮莲的淡香便渗透盈满。身上,发上,拈针的手指尖上都是,人就像花心中的一株蕊。渐渐地,缸里的睡莲移到了面前的绫上,没有颜色,只有炭笔的黑和绫面的白,很像睡莲在月色中的影。……好了,睡莲的影铺满白绫,从花样上揭起,双手张开,对光看,不是影,是花魂。简直要对闵女儿说话了,说的是花语,惟女儿家才懂,就像闺阁里的私心话。(第61页)

睡莲图,娘家庭院大缸里的浮莲,描在白绫上的莲图,还有即将用针绣出的浅粉的红的莲花;现实,回忆,花影,花魂,花语,寂寞女儿心。"莲"在这里,在"天香园绣"的起点上,交织了如此重重叠叠的内容。此时的"莲",不再是一个单纯指物的词,它变成了一个意象,而这个意象的内涵也绝不是单一的。

略去中间多处写莲的地方不述,小说末卷,蕙兰丧夫之后,绣素不绣艳,于是绣字,绣的是《昼锦堂记》。《昼锦堂记》是欧阳修的名文,书法名家笔墨相就,代不乏人,董其昌行书是其中之一。开"天香园绣"绣画新境的婶婶希昭,曾得董其昌的指点,临过董其昌行书。蕙兰绣希昭所临的字,"那数百个字,每一字有多少笔,每一笔又需多少针,每一针在其中只可说是沧海一粟。蕙兰却觉着一股喜悦,好像无尽的岁月都变成有形,可一日一日收进怀中,于是,满心踏实"。(第327页)

后来蕙兰设帐授徒,跟她学的两个女孩子看绣字,"只当这是草叶花瓣,丝练璎珞,或是灯影烛光,勿管字不字的,又勿管写的是什么,只觉得出神入化!"(第397页)一派天真率性,却无意中得了书画相通的体会。成品后"字字如莲",自不是凭空说起。而说的是"如莲",即以意生象,以象达意,而不必真有莲了。

但我还要说,紧接着的"莲开遍地"的"莲"是更上一层的意象和境界,"字字如莲"还有"字"和"莲"的对应,"莲开遍地"的"莲"却是有这个对应而又大大超出了这个对应，升华幻化，充盈弥散，而又凝聚结晶一般的实实在在。三十多万字的行文连绵逶迤，至此而止，告成大功。

所以，如《董其昌行书昼锦堂记屏》这样的绣品，是综合时日所积、人文所化、有情所寄等多种因素逐渐形成，这当中包含了多少内容，需要文学想象去发现，去阐明，去体会于心、形之于文。

我因好奇，对照了用作《天香》封面背景图的顾绣董书昼锦堂记和董其昌的行书，感觉还是不一样。这就对了，绣品里面有董其昌，更必然有希昭，有蕙兰，有代代相接的慧心巧手，有绣品自身的意趣和格调，此物既出，已然自成。

三

从起点之前的"一夜莲花"，到起点上的睡莲意象，再到收尾处的"字字如莲，连开遍地"，"天香园绣"的历史脉络的节点标记清晰。当然，从偌大的作品中只取一"莲"的演化来立说，一定没有述及其丰富的、具体的内容；但就是这小小的线索，也隐含了重要的历史感受和观念，那就是，人的劳动和创造、情感和智慧所结晶的各种形式的文化——包括以物质形式体现的文化，才是与世长存的，才是历史中价值不灭的。现实里的莲花时有残败，"天香园"的莲池也早已费毁，连"天香园"也没有了，连明朝也灭亡了，可是"如莲"的绣品仍在，而且"莲开遍地"。"一些生死两寂寞的人"，以文字、以工艺、以器物保留下来的东西，成为"连接历史沟通人我的工具。因之历史如相连续，为时空所阻隔的感情，千载之下百世之后还如相晤对。"[1]

四

我曾经写《一物之通，生机处处》[2]讨论"天香园绣"的通性格人心、关时运气数、法天地造化，由此而论《天香》的几

---

[1] 沈从文：《致张兆和》(1952年1月24日)，《沈从文全集》第19卷，第311页，太原：北岳文艺出版社，2002年。
[2] 张新颖：《一物之通，生机处处》，《当代作家评论》2011年第4期。

个层次,谈的是小说的空间气象;但小说也是时间的艺术,《天香》写的又是一种女性绣品的历史,时间脉络自然是重要的事情。时间脉络在空间气象中逐步推移,由头到尾,起承转合,叙述才完整起来。借"莲"说事,说的就是《天香》的时间脉络,以及小说的叙述在这时间的推移和变化中完成了什么。

回头再说小说的起点和收尾。前面说王安忆小说的起点是慢慢形成的,是有来路的,那么,就还可以再往前追溯:小说从"造园"写起,那么为什么在这个时代兴起了造园的风气?这种能量是从哪里、怎么积聚起来的?这是一种什么样的能量?如此等等,不同的人会问出不同的问题吧,不同的问题也能把往前追溯的距离带到不同远近的地方。这就是有来路的起点的好处。前面还说小说的收尾,既是收,也是放,收得住,又放得开,也就是说,没有收死。那么这个结尾,在读者那里,也就还可以再往后延展。小说本身的叙述,有头有尾,已经完整;但完整并不是封闭的意思,它的时间脉络,既向前、也向后开放。"天香园绣"的历史，在历史长河中有它的前因后果；造就"天香园绣"的能量，在历史能量的流转中也有它的前接后续。这不是孤立的历史，不是只封闭在一段时空里的能量。《天香》以一物之兴切入上海早期的一段历史，倘若把这段历史和这种能量，放在上海这座城市的前世今生中来感受和观察，可能会更明白小说这样的起点和收尾所暗含的开阔眼光。

二〇一一年七月十九日

文明的缝隙,"考古层"的愁绪

——王安忆《匿名》的"大故事"

原载《中国现代文学研究丛刊》2016年第6期,题为《王安忆〈匿名〉的"大故事"》。

一 "发生学"

我好奇一部作品在产生出来之前,作家是怎么意识到它的。这里面有触机,或许还不止一次两次;有日常的无意中的积累,意识半昧半明的酝酿,从不自觉到自觉的探问,然后,豁然开朗或逐渐成形——特别是对于一部大篇幅的作品来说,大多得经历这么复杂的过程吧。等到明确了——明确了它是一部可以写的作品——之后,写作就正式开始了。

《匿名》[1]就挑起了我这样的好奇心。王安忆怎么会写这么一部小说?问出这样的问题,也就意味着,这部小说的出现,对于自以为熟悉王安忆创作的我来说,多少有些意外。

——说不定,对于王安忆本人来说,也还多少有些意外。

三年前,我读到王安忆的一个短篇,叫《林窟》。说是小说,也不太"像",没有人物,没有故事,当然也没有情节,写

---

[1] 王安忆:《匿名》,北京:人民文学出版社,2016年。本文对这部作品的引用,依据此版本,在文中标出页码。

的是大山里一个小小的地方，走近了它，却没有走进去，它深藏在山坳里，进去的路已经被草木密合。站在盘山公路边，遥望那个曾经有人生活过的小小地方，思绪纷披，不能自已，却戛然结束了："林窟这地方决不是杜撰，它确有其地，就在括苍山脉之中，沿楠溪江一路进去。方才说的曾经有人去过，那人就是我妈妈，去的时间是在上世纪的七十年代。相隔四十年，我于二〇一二年走近它，走近它，然后弃它而去。"[1]

二〇一二年夏天，王安忆去温州永嘉，带着上海电影制片厂油印的剧本《苍山志》，按照母亲茹志鹃当年的笔记，寻访她和谢晋等一行人为筹拍电影曾经来过的几个地方。这一经历，她写在散文《括苍山，楠溪江》里。文章特别记下了这样一些地名：五尺镇，里湾潭，柴皮，西茅山，七里半，还有林窟。林窟本来只三五户人家，窝在深而逼仄的山坳里，因

---

[1] 王安忆：《林窟》，见小说集《众声喧哗》，第152页，上海：上海文艺出版社，2013年。

地处交界,七十年代发展出暗中交易的集市,旺时达到几千人,母亲笔记里留下了当时的盛况;现在,却完全被荒草杂树淹没,向当地人打听,回答都是,这地方"没有了"——什么叫做"没有了"呢?[1]

也许,我们可以尝试猜测、想象、分析王安忆的心理。括苍山脉中这么一个小地方,走近了,却没有走进去,就离开了,本来,也可以是一件平常的事,固然遗憾,但离开就离开了,不妨一切到此为止。但王安忆把"离开"这么一个合乎现实理性的自然行为,出以一个很重的词,"弃它而去",里面有她自己未必全然自觉的自责成分。有过感情离开才叫"弃",哪里来的感情?什么样的感情?母亲曾经在这里生活过,曾经在这里费心费力想做一件事而最终未能完成,因而产生感情,属于人之常情,不过,还是过于私人性了;超出这私人性的,是这里曾经有人生活过,这里的生活曾经发展到繁盛的阶段,这里有兴,有衰,有废,林莽苍苍,蕴藏着

---

[1] 王安忆:《括苍山,楠溪江》,《文汇报·笔会》2012年10月10日。

什么样的人事、历程、命运——就这么离开,她会很不情愿,很不甘心吧?"弃"这个很决绝的字眼,反倒透露出不情不愿不甘。

而现在,这个地方从行政区划和地图上消失了,从当地人的口中"没有了",她能够心平气和地接受这个"可疑"的事实而不耿耿于怀?

那么,设想一个人,进到这个她没有进去的地方——她的本分可是一个小说家——怎么样?安排一个没有名字的人,到这个"没有了"的地方来,会如何?这个"没有了"的地方,有一种奇特的召唤力量,召唤一个人进来。

问题是,到哪里找一个人,找一个什么样的人?

这就要说到更早的事了。二十世纪八十年代,王安忆到妇联信访站听访了一段时间,其间遇到一个女性,她丈夫是个大学教师,退休的时候教委安排到雁荡山旅游,他就在这个活动中失踪了。"这个故事,我其实心里时常在想的,我要给他找个出路啊,他去什么地方了。好像最最通常的就是说他想重新过一生,连妇联的老师都想到了,当然他有权利,也有可能;但对于一个一下子不见的人来讲,这总不是一个太有回报的结果。我希望这个失踪事件更有回报。"[1]

将近三十年后,王安忆把这个失踪者安排到括苍山之中:先进林窟,再到九丈,后去县城,最终融入楠溪江。

这,就是小说《匿名》的简略的"发生学"。

二 叙述:转喻和隐喻

《匿名》讲述的线索并不复杂:一个退休的人,在一家台资企业又找了份清闲的工作,有一天莫名其妙地被绑架,绑架的一方意识到绑错了人,就把他送进苍茫大山荒僻的深处,任其自生自灭。他一个人过夏,经秋,历冬,到了春天,一场大火逼迫他逃离,被好心人发现,送到镇里的养老院,过了一段时间又送往县城的福利院。等到他的身份逐渐被查

---

[1] 王安忆、张新颖:《文明的缝隙,除不尽的余数,抽象的美学——关于〈匿名〉的对谈》,《南方文坛》2016年第2期。

明,眼看上海的家人就要来接他回去的当口,他失足落进了江水。

这条线索,时间长度是一年多。如果画出这一条线,上面概括的关节,不过是几个点,光看这几个点,不足以理解这条线。线是由无数的点组成的,密密麻麻,小说的叙述就是要写这些密密麻麻的点,以及这些点之间的关联,具体就是这个没有名字的人接连的经历,不断遭遇的人和事。

但这条线只是这一个人的线,他不断遭遇的人和事,也各有其线。遭遇,也就是相交了,相交于某个点,然后或重叠,或平行,或时即时离,或分道扬镳,各有轨迹,却也互相影响。这些线错综复杂,产生不同意义的关系,不管怎样,它们共同构成了面,有了面,才能"展开","展开"小说世界的丰富性。

一般来说,长篇小说的写作,以完成上述任务,描述出一个相对完整的世界为目的。由点到点的连接,由线到线的交叉,由面到面的扩展,叙述以整体上转喻的方式进行。整体上转喻的方式，换成简单的大白话，就是讲，接着讲，讲下去。拿语言的横聚合和纵聚合来比拟，转喻的叙述就是横聚合的不断延伸。

那么，转喻的叙述是不是意味着小说的平面化，不能产生出立体的结构？当然不是，因为可以叙述出不同的面，面和面之间的关系就产生出立体的结构；即使只有一个面，这个面也完全可能是不平整的，不同的因素和力量作用于这个面的不同部分，使得这些不同部分并非处在同一层次上，因而这个面本身就可能是立体结构。

另一方面，整体上转喻的叙述，并不排斥局部的隐喻式叙述，字、词、句，意象、人物、情节，都可能是隐喻的或具有隐喻性；甚至，整体上转喻叙述完成的作品，其核心就是一个完整的隐喻，也大有可能。但是，很难想象整体上以隐喻的叙述方式去写作长篇小说，隐喻的叙述适合于诗，一个短篇小说也可以用隐喻的叙述完成，篇幅浩大的长篇如果以隐喻的叙述贯穿始终，必定是困难重重，这类似于以写诗的方式写一部长篇小说。不仅对写作来说是困难的,对阅读也是如此。不过,很难想象、困难重重的事情也有人尝试,特别是现代以来,出现过这样的作品,当然,数量上比较少。

《匿名》的叙述,框架和线索是转喻式的,但是在转喻叙述行进过程中的任何一个点上,都有可能停顿下来,思考这个点,探索这个点背后的世界,这样叙述就改变了方向,不是直线联到下一个点,而是往另一个维度行走了。这样的情形经常发生,密集地发生,就显出隐喻叙述的比重和分量。这部作品的深层内涵,在我看来,多是隐喻的叙述揭示出来的。所以,从叙述的方式来说,这部作品不仅不同于王安忆以往的很多作品,也不同于我们惯常阅读的小说。明白了这一点,或许能够有助于我们的阅读;否则,当我们带着习惯的转喻式叙述的阅读期待来读这部作品的时候,可能会碰壁,会晕头转向,会不明所以。这也就是我啰嗦上面这些话的原因。

也可以用不啰嗦的话来说,这部小说的叙述方式,要求读者的,不是"读下去",而是"读进去"。

什么叫"读进去"呢?举一个简单的小例子,小说里这个独自在荒山深处生存的人,野果生疏果腹,某一天,他忽然闻到"熟食的气味"。"熟食的气味"就是一个停顿的点,从这个点,可以进入文明的历史过程中:熟食唤起了个人感官的记忆,这种个人感官的记忆其实是人类的文明赋予的。火的发明和使用;野生植物的辨识、选择、驯化和培育,使得它的果实能够成为人的食物;从生食向熟食的过渡,因为熟食而使人发生的变化;如此等等。如果以这样的眼光来重新打量现在的日常世界,从眼前"看进去",可以看很久,可以看很多,而平常,大都是忽略掉的。

三　进化和退化、"考古层"

好了,现在,就让我们进入《匿名》的世界。

我们现在的日常生活,有一个平台,由长久的历史所形成的文明的平台,我们在这个平台上立足,弹跳,开展各种活动。细究起来，这个文明的平台当然不平，那么换一个词，叫文明的地面。有一天，这个文明的地面，突然裂开了一条小小的缝隙，坍塌了小小的一块，一个人猝不及防地从坍塌的地方坠落了下去——《匿名》的世界，就是突然坠落进去的世界。

由此出现的问题是：一、他坠落了下去，他会怎样？二、他重新置身的这个世界，是什么样的世界？三、他和这个世界发生和建立什么样的关系？这几个问题，不是依次出现的，而是交织在一起，纠缠着，搅扰着，时明时暗，却一直存在那里。

这个普通的市民，在上海这样的都市里，度过了大半生，如果不出意外，余下的生命也将沿着庸常的轨道，平平凡凡走到终点。可偏偏就出了意外，更意外的是，这个意外发生之后，他已经不在这个高度发达的文明的地面上，而被抛入荒蛮的深山深处。空间上是从上海到林窟，时间上呢，那种坠落更惊人，从现代掉进古代——还不是近的古代，更像是人类生活的早期——他被抛入了时间的深处。

这一惊变导致了记忆的严重丧失，也就是说，他以往在文明的地面上积累的生命经验的总和，一下子被除去了很多。这样也有个好处，大大减轻了身上文明的负担和牵绊，得以全力应付眼前严峻的生存问题。求生的本能是那样强大，刺激出蛰伏在身体里的多种能力。如果不是遭遇这种突变，他一定意识不到他身体里还潜藏着这样那样的能力，他迅速地"变种"，差不多像"半个"原始人。为什么说像"半个"原始人？因为处在从文明向原始退化的途中，没有走到底，说"半个"也是说多了。

现代的个体生命，是人类漫长的进化过程的结果，在个体生命降生之前，他未曾经历的进化历程的信息，遗传保存到个体生命之中，而他未必自知；现在，这个没有名字的人，在从原始向现代进化的方向上倒转，进化发展出来的能力在退化，在丧失，与此同时，进化过程中闲置、萎缩、淘汰的能力被激活，唤醒，重新获得。退化的过程，并非是能力的全然丧失，而是丧失一部分能力的同时，获得另一部分能力；进化也可作如是观，并非是全部能力的获得，也是获得了一部分，丧失了另一部分。更复杂一点说，进化、退化，有时齐头并进，有时互相撕扯，难解难分。单向的进化，单向的退化，都是简化的描述。

到了这里，多少可以看出，《匿名》要写的，不是一个特殊的人在文明的地面上的遭遇，而是借着某一个人，写人在文明的历史层次中，在进化/退化的历史层次中，可能会有什么样的经历。简单说，就是从文明的地面上，到文明的地层中，会发生什么。

为什么要强调层次呢？王安忆没有走极端，让这个人变成完全的野人，环境也不是从未开化过的彻底的蛮荒，倘若是从文明彻底坠入野蛮，倒也简单了，也就没有层次不层次的问题。有层次，参差地存在，才丰富，也复杂。回想这篇文章一开始就讲的《匿名》的"发生学"，林窟所以会成为写作的触发之地，不是王安忆对蛮荒有感情，而是对这个蛮荒之地曾经渐离蛮荒、发生过人类的生活、发展出人类的文明，而后这生活和文明又遭遇毁弃、这地方又退向荒蛮，生发出千头万绪、难以名状却又实实在在地堵在心头的感受。

这个人初到林窟，于密林荒草中发现被遗弃的房屋，利用为栖身之处，他把依地形而建、错落相接的房屋编号，一号、二号、三号、三点五号、四号，以数字排序，就好像考古学家为发掘的坑穴编号，一号坑、二号坑、三号坑。看起来很简单、很自然的行为，其实显现的是文明培育出来的能力，他身上还残留着这样的能力。数字排序之外，他又取符号、文字的形，给房屋以象形的标识，"将身处环境描画出一幅地图。好比原始人在陶器上描画绳纹、云纹、雷电纹，从具象进步到抽象，而他则反向，从文字退到图案"。（第79页）你看，即使是退化，也利用了之前进化成果的残留。

看似荒野的世界，其实有"考古层"，有文明积淀的地层；退向原始的无名人，其实不可能回到元初，进化的成果阻碍着退化的进程，哪里就那么容易一下子变成完全的野人。人身上,也有文明积淀的"地层",也有"考古层"。那么,这个人和这个世界的关系,就不是一个单一层次的人和单一层次的世界之间的单一的关系了,即便是生存这个最现实的问题压倒了一切其他问题,为解决这个问题,互相之间也是有妥协,有商量,有含糊,有决断,甚至,还有默契,还有关照,还有呼应呢。

别说这个人,就是一直生活在苍茫大山里的人,譬如说把这个人带进林窟的哑子,身上也是"考古层":"哑子的历史无意识全在手足的劳动中产生,经历以及未经历的人类史从他身体走过,这身体里有的是社会发展的动力,从类人猿到人,从原始人到现代人,从无文字到有文字,从无记载到有记载。哑子他浑然不觉……"(第97页)

四 看见他们

哑子是这个没有名字的人发生重要关联的一个人,有这样关联的人,还有二点,麻和尚,敦睦,病猫似的孩子小先心,白化症少年鹏飞。他们都有些特别,异样,各有奇怪的来历。

哑子生在野地,被阿公拾回家,长在藤了根,一个破布样的村子,几乎是挂在山壁上。阿公死后,哑子流落到五尺镇,又被麻和尚捡着,从此就跟着在道上混,四处为家。他哑,却不聋,而且别有一种常人不及的聪明,可谓一窍蒙蔽,六窍通透。

二点,跟着兄嫂住在野骨,他们是最后迁出林窟的一家人。二点年纪大约近四十,身心却停留在六七岁的光景,更准确点说,身体是个"成年的孩子",心智以变形的方式生长为一种"成熟的天真"。

麻和尚,来自一个烧碗窑的古镇,他从出生到长成少年,短短的时间就经历过窑业的复兴、凋敝、移民——水库淹没了他的老家,一千年的烧窑史瞬息凝固在水底世界。麻和尚后来走上法外世界,建立了自己的地盘。

敦睦,从种植靛青的偏僻山村出走,斗过狼,蹲过监,陪伴过死囚，死囚是个高人，得到他的指点，脱胎换骨，再回到苍山里的九丈，改名敦睦，狠相随之而改，迅速成为道中后起的头号人物。

小先心，先天心脏病的小孩，为父母所弃，由福利院收养。

白化症少年，从大山里一个自我隔绝的地方来，那里都是白化症患者，弃世而居，这个少年却是叛逆，到外面的世界走自己的路，给自己起名鹏飞。

他们本来都是大山的这个角落那个角落里的人，可是他们又和一般的山民不一样，甚至可以说是异类，因着各自的原因，离开了原来的生活；他们走到社会化程度更高一些的生活中来，却又和这个社会保持奇怪的关系，并不融入社会的普通规范中，又是这个社会的异类。他们失去了身份，甚至失去了名字——他们都没有随着生命降生到世上而起的、一直陪伴着他们的名字，他们的名字要么是诨号，要么是别人给的，要么是自己后来起的。他们的存在，好像都是不存在，可是他们明明存在。没有人知道他们的来历,他们藏匿了自己的来历,守口如瓶:我知道我的来历,就是不告诉你!

他们的世界,就是匿名的世界;在这个匿名的世界里,还要添上半途加入者,那个和他们发生关联、失去记忆、失去名字、也没有人知道他的来历的人。"你们没有人知道我的故事,鹏飞本想对志愿者说的,其实,是对自己说,结果呢,却仿佛对全世界说。你们没有人知道我从哪里来,就像老新不知道他从哪里来。我从来没有说过,不想说,一想起就泪流满面。"(第438页)

他们生存在文明的缝隙里,倘若我们看不见文明的缝隙,我们就看不见他们。

文明的缝隙?什么样的缝隙?"偏离历史的主流,再偏离稗史的支流,继而从怪力乱神末流离开,绕过记载、口传、风闻,所有透露的可能性,唯有这样的封闭,才会诞生出个别性。"(第341—342页)

《匿名》看见了他们,写出了他们,写出了与我们同一个物种的他们的个别性。

五 林窟

这个被错绑的人进林窟,是因为哑子。麻和尚把绑错的人交给哑子处理,哑子怎么处理呢?藤了根这么个小小的地方,却是有信仰的,信仰化成单纯的戒律,就是不杀生。哑子在素净的藤了根长大,还种下了喜洁净、忌荤腥的怪病。山是大洁净,时间是洁净的根源,"无限的时间,可以净化无限的腐朽……他终于知道把这个人带去哪里了,就是带去山里边,带进无限的时间"。(第70页)

哑子小时候跟着阿公卖树,去过林窟,现在思想跟着脚走,又走进了山的这个极深极逼仄之处。"在旁人眼里是山,在哑子,就是生生息息,周而复始。"可是,这个人放进山里了,却没有进入生息的循环,哑子看得出来。"在无人的旷寂之中",哑子不由得对这个人生出"同类"的相惜。(第80—81页)接下来,哑子做的事是帮助、引导、示范,要能适应了环境，生存下来，才可能进入自然的循环和轮回。这个人跟着哑子劳作，采集、种植、储存，这是物质性的一面；精神性的一面，这个人也逐渐蜕变，靠近哑子，"用肢体进行思考、解析、记忆"，"这一系列精神活动无法辐射得更远，至多是在视力可见范围。那一号房屋在他就是单纯的冷和无眠，并不涉及绝境一类的概念。……他的感官不断增幅，以纵深阻断作代价。确实，纵深度被割裂了，一旦脱离实物越入抽象，立刻停止。……差一点，差一点，他就要向纵深去，却及时驻步，将自己留在实际的处境里。这是安全地带，出于防御危险的本能反应。那纵深的抽象的虚茫，逝去的已知和将来的未知都是黑洞，唯有现在，至少，他还活着"。（第103—104页）

林窟这个毁弃了的地方，因为他还活着，有了人烟。他不是一个有强大力量的人，他说不上对抗这个环境，他多是顺从，多是适应，在顺从和适应中求得生存；然而，这么弱的存在，这么一个被改变的人，也多少改变了林窟。怎么改变？有了人，就是改变。虽然只是他一个人，可这个穴窟也是从没有人到有人啊。有了人，就有了人烟，人气。这一缕微弱的人烟、人气，引来了二点。

二点是又一个帮助他活下去的人。但二点寻到林窟，岂止是帮助一个陌生人？林窟是二点的老家，这个本是陌生人的他，在二点眼里，像死去的父亲，是又"一个爹"。两个人在时间的空茫中邂逅，邂逅之处，正是二点在时间中开始的那个源头，是二点生命中最深切的记忆之地。

二点带出了林窟起起落落的历史。往远说，洪武年间，先人到此劈山伐木，从林莽中掏出一洞天地，人丁旺时百来口；过三百年，却锐减至最初的二三户；又过二百年，泥石流埋了村落。到二点和他哥哥出世，时间在上个世纪六十年代末七十年代初，人口五户，田地集拢起来为"七亩二分三厘五丝六毫一忽"，"这一'忽'是多少，也只有老人知道，为半个手掌"。(第131页)但就是这大山褶皱里的一个小小的点，却正处缙云、永嘉、青田三县交界，因地利暗中发展出交换市场，定期集市，一时火热鼎沸，为打压这种"投机倒把"，竟然动用了直升飞机、军用吉普车。多年以后，外面的世界有了自由市场，林窟偷偷摸摸的交易也也就失去了意义。为生计，一户接一户地迁出，终于没有了人，连地名也从行政区划里消失。这个世界末梢的地方，还给了自然的力量，还给了洪荒的时间。

这个没有名字的人的到来，搅扰了荒芜的走向；也通过他的眼睛，过去人类生活的痕迹和文明的遗留，得以呈现。在他退化的过程中，"从人类退到灵长类再退到灵猫一类"的途中，他遭遇了文明的旧物和人类发展的残存遗产："蓄水槽、犁铧片、梁和椽的锯痕和榫眼、瓦片、灯盏、铁镬、骰子，上一纪文明的鳞爪，从时空壁垒的砖缝渗漏，可以纵观人类社会发展史：石器时代、铁器时代、陶器时代、石油时代，骰子代表哪一个时代？从材质说，可追溯到原始陆生植物裸蕨类出现的地质年代，刻字是仓颉之后，卦算出自周易，工艺从鲁班诞生，机要则在将来未来。"（第214—215页）

现在的退化和曾经的进化错杂相遇，参差存在。文明的旧物,有些现在仍然可以利用;有些,即使从实际的用途中蝉蜕,还是犹如化石,蕴藏着也提示着曾经的努力、智慧和文明的愿心。譬如他珍爱草莽世界中发现的那个精巧的灯盏,"提着不发光的灯,风化的灯芯被他拔出来扔了,这灯在他手底下大忽悠,好像唱着歌,歌唱发光的往昔……"(第102页)

六 重启

一场大火,把林窟烧为焦土,真就是废墟了。没有名字的人逃出来,在柴皮这个地方,被二点兄弟找到,送到九丈的养老院。由此开始,他重新进入人世,重新"进化"一次。

这个"二次进化",不同于一个诞生的新人,面对一个全新的世界。养老院里的人叫他老新,他真是又老又新,老里有新,新里有老。

即使经历了严重的退化,他也没有忘记文字,哪怕只认得文字的躯壳,懵懂于文字的内涵。文字的一笔一画,都是文明用力刻下的深痕，他在林窟，不是还用文字和哑子交流？林窟窝棚的墙壁上，不是还留有前代的文字印记？到了养老院，他负责记账——他都不记得了，他以前可是学会计、做文秘的——还有，他教小先心识字，算术。往后，到城里的福利院，少年鹏飞竟然是翻着《辞海》，随意挑出一个又一个字，用概率来探测他老新的身世之谜。

回到人世间，老新要重新启动，最重要的开始，就是语言。奇异的是，文字和语音分解成两个部分，他用文字书写并无大碍，张口说话却困难重重。他说两个字的词，继而说四个字的词组，从词不达意到渐渐接近语义，说话的欲望蓬勃地滋长。可是，他得经过怎样剧烈的过程，才能有所突破。从空寂的深山一下子置身人生鼎沸、语音庞杂的九丈老街，汹涌的音节壅塞耳道，他一个失语的人，怎么应付得了这复杂的局面，结果就是，"他被这岩浆般的语音笼罩，封锁住听觉"。这是最初的阶段，嘈杂的人声反而关上了老新的听觉；接下来，有所转机，"有一些日子过去，夯实的语音疏松点了,透出缝隙,渗漏进认知的光,那就是普通话。……循这些微的光,析出左右上下。自在些了,从外部看,就是机灵些了,而且每天都有进步"——普通话激活了老新的听觉,而且,普通话通向文字,语音和文字有了弥合起来的可能,"普通话不只是救命稻草,更成舟船——好在有文字,文字最终收揽全部,九九归一。倘不是文字,普通话也于事无补"。老新身上文字的刻痕,就这样起了作用。"现在,随着普通话,老新认识和辨析周遭环境",并"逐渐恢复自觉性"。(第275—276页)但是,文字,普通话,就像盘山公路,都是人工模仿造化建立的通道,喊喊喳喳的语音躲避人工通道而一路形成的无影无形的默契,却将老新排斥在外,老新打开的听觉,又休眠了。或者说,听觉转为异常活跃的视觉,在直观中呈现语义,一切都变成可视的,连思想也可视。总之,"老新的各项感官以及功能正处在分离中,它们各自为政,各行其是,等待契机,重新合为一体。这可是个混乱时期……老新的内部正经历着激烈的动荡"。(第281页)

这一天,敦睦和所长说起从北京和上海发起的一项慈善援助计划,包括小先心这样的先天心脏病治疗,关键的当口,老新的听觉恢复,而且,前一段时间噤声,这会儿突然说话了。所长说:"去!"老新说:"如何去?"合缝对茬,这才叫说话呢!所长"戏谑地学一句:乡下人,到上海——老新接下去念:上海闲话讲勿来!这句歌谣方一出口,在座三个大人,包括老新自己都是一惊。原来普通话之外,他还能说上海话,接着,第三句歌谣也出来了:米西米西炒咸菜!"(第284页)

语言既已启动,整个人的变化也就快速而巨大。敦睦带他和小先心去县城福利院,路上经过一个酒店,老新走出自己的客房,在迷宫似的走廊里转来转去,找不到自己的房间。走廊里意外和哑子照面,他认出了哑子,哑子第一次却没有认出他,可见变得厉害。不是外形和表情神态的变化,而是,"更彻底,彻底到足够换一种人类"。哑子的视觉其实有过人之处,他看到了实质,"这个人在走廊里行走,像是走在这幢建筑的肠道，一粒未被消化的什么籽。其他人都在各自的床上休息，他却找不到自己的床。一粒籽，这就对了，这才是哑子认不出他的原因，他变了物种，变得难以消化和吸收"（第301页）——哑子曾经设想让大山消化和吸收他，如今他已重回人世社会，重新"进化"，结果，还是难以被社会消化和吸收。

七 文明的愁绪

老新重启的"进化"历程，由低到高，由简到繁，由慢到快，但《匿名》没有让他重返原来的生活，重返文明的地面，而是安排他滑落进流淌不息的江水，交付给时间的长河。

水底的世界，仿佛是一个巨大的文明弃物博物馆，废墟，杂碎，随便哪一样，不都是一段历史？从古到今，人类的努力，似乎不过是堆积一层又一层毁坏、颓败的文明，"所谓考古层，就是累积的愁绪。旧石器的愁，新石器的愁，青铜的愁，彩陶的愁……"（第340页）什么敢得过洪荒的时间？人类为时间标上文明的记号,可是再大再深的记号,也会从时间上剥落,沉没于时间的水底。

个人呢?个人身上分段的时间,也像"考古层",也是愁绪叠着愁绪;可放在时间里,简直连"忽略不计"的"忽"都算不上。想想看,夜晚的星光洒向水面,那星光,远古出发,此刻才抵达这里,个人的生命,放在这样的时间里,说是"白驹过隙",都夸大了。

如此一来,会不会就一径遁入虚无?这好像是寻常的路径,没有阻遏,很容易滑入这样的感受和意识的套路;在王安忆这里,此时却出现了一种思想,就是能量的转换和守恒。"下一次是上一次的简单重复,还是递进式的,或者偏离出去,形成崭新的文明?那旧文明的壳,会不会固化成模型,规定新文明的格式?或者,有一天,模型崩塌,碎成片,那么,又会不会是新文明的原材料?"(第340页)

疑疑惑惑,问题丛生;可就是存在这些疑惑,叩问这些问题,才表明文明的不甘,人的不甘。确定的是,即便是文明的弃物,也不可能回去了,不可能回到原初的状态——"在这里,漂流的尽是一些纳入不进或者排斥出来的残余,就像除法里的余数,多少破东西:碗碴子,碎成齑粉,碎成齑粉也回不进原始性——土里面去了;炭泥,烧成灰也回不到原始性——木头里去了;塑料袋,更别提了,你让它回哪里去? 汽车轮胎,回哪里去? 他呢,还能回到沉船里吐泡泡的小孩子? 这就叫开弓没有回头箭,这就是必然性的力量。那么,就让我们顺应着它继续进化吧! 那碗碴子不定又能变成个什么来"。(第436—437)

八 "大故事"

从一起绑架案,讲到退化,讲到"二次进化",讲到无限的时间和自然史,讲到模拟自然史、改变自然史的文明史,讲到文明史的忧伤,讲到"考古层"的愁绪……这,还是小说吗? 这是小说能够承担的任务吗?

小说,我们已经习惯了是"小"说;可《匿名》,分明就是

"大"说。

小说,不妨是"小"说,但又何妨是"大"说,又何妨讲一个"大故事"。

当然,"大故事",亦何妨从"小"说起。所以,还是小说。

对小说这种形式来说,讲一个"大故事",也是一个机会,用这个机会来做一次非常规的测试,能力测试,承重测试,弹性测试,边界测试。

《匿名》出自作家的野心,野心之大,接千载,游万仞;但是,仔细看看这野心,却不是膨胀出来,发展出来的,而是退回一步,再退回一步,退到接近初始的时候,好奇地注视着,从那里再出发,会发生什么,怎么发生,又怎么到了现在这个样子。这野心的起点好像是初心,但也不完全是,多了理性的意识,思想的运行;好奇是重要的驱动力,但也不完全像好奇心那么单纯,已知后来,复检前史,过来人对过来的自觉的好奇,不同于第一次好奇。不过,虽有差别,但这野心,却确确实实实通着初心,连着好奇心,它可不是无来由而起、无依凭运作的,因而也就可以感知,可以触摸。更要紧的是,野心落到实处,写作由此开始,《匿名》因此诞生。

二〇一六年一月二日

文明的缝隙,除不尽的余数,抽象的美学
——关于《匿名》的对谈

原载《南方文坛》2016年第2期。

一 阶段和变化

张新颖　上一次我们集中谈你的创作,就是整理成《谈话录》那本书的,应该是在二〇〇四年底到二〇〇五年初。

王安忆　对,很早以前的,我记得我那时刚刚到学校里来不久。

张新颖　过了十年多。那么,在这十年的时间里,你自己也会有一个感觉吧,就是自己的变化。我不知道——但很想知道——你自己会怎么表述这个变化。这十年里,单说长篇,就是《启蒙时代》《天香》和刚刚面世的《匿名》。这三个长篇,互相之间很不一样,这一点先不管它;我更感兴趣是这个阶段和以前比,如果从《天香》开始算的话,跟以前的不一样应该更明显一点。

王安忆　其实《天香》和我向来的写作是比较像的,自我的感觉是这样。虽然它起来好像挺离谱的，是写到明代，写到一个历史上遥远的、过去的，和我生活完全无关的人和事。但是，事实上，我写《天香》时是蛮顺利的，它依然是写实的，也就是还在我能力掌控的范围内。当然，它对我的挑战主要是时间上的隔断，这是一个无从触摸的时间段，但是你一旦进入了这个世界，一个你自己营造的假想的明代的世界，那么，里面的人和事都还是在我的掌控里。所以《天香》其实写得蛮顺的，就是顺得有时候觉得过于顺了。

张新颖　那你这个掌控，是怎么得到的？

王安忆　首先你要进入那个时空里啊。刚开始也蛮作难的，因为什么东西都是你不知道的。所以，我就做了许多功课，主要是列了一个年表吧。就是把这个时间段，我规定它发生故事的年代，几十年，做了一个年表。这一年发生的事情，我不但从正史上去找，也从野史上去找，笔记里去找，做了一个很详细的表。然后就是画了一张地图，这个地图画得比较差啦，因为找不到一个更加详细的地图作模本，只是一个很简单的方位图，但是也给我一个范围嘛。等到舞台做好，等到人物登场，倒真是方便了很多。人物还没出来的时候吧，你觉得千般难万般难；而一旦这些人物一个一个出来，他们是连着出来的，形成谱系，不仅是宗族意义上，还是故事需要出来的，就很顺了。

张新颖　这样一种工作方式，慢慢地你觉得是很自然的；但是，如果放在一个很长的创作过程里面去，其实还是有一个变化的。比如用你自己的话来说，刚开始写作的时候，其实是一个自发的阶段吧，因为你有话要说，有经验要表达；慢慢会脱离，也不叫脱离吧，是跟自身的直接经验关系疏远了一些，那么，就需要另外的写作的资源，这样一个阶段，你自己把它叫作什么？自觉的阶段，还是一个理性的阶段？

王安忆　有时候是重叠地发生的。《天香》的方法，其实我很早就开始了，《纪实与虚构》的时候就开始了，那时我也做年表的。但是那一个的版图大多了，那是全国土的版图。

张新颖　《纪实与虚构》是从远古开始的，空间上也很广阔。

王安忆　对啊，那个版图很大的，时间也很长。这种方式对于我来讲，一方面显示我这个人是比较老实的，我只有找到一个能够靠实的条件，才能够展开想象。你说自觉与不自觉，它是重叠着的，不是那么整齐地说从今天开始我就自觉了。

张新颖　对。它也是反复的，比如说《启蒙时代》其实跟个人经验也是有密切关系的。

王安忆　有很深关系。对，这些是错落着的。有些小说就是不自觉的，有些小说就是自觉的。

张新颖 一个是"错落"，还可以用一个词是"加上去"。怎么说呢，你最早的那个阶段，其实没有后来这些东西，没有这些理性的，自觉的，但慢慢会获得这样一种能力，再"加上去"。

王安忆 应该这样讲，一开始其实也有理性，因为每个写作者都很想主宰自己的写作嘛，开始时理性不那么容易获得，因为各种准备都不充分，它往往逊于感性，感性自有它的敏锐度，而理性甚至会限制感性。所谓理性，就是说你比较自觉地调动自己的经验吧，那么，以前的调动是不大成功的。但是从一开始其实就在经历着这些，一点一点走到今天。

张新颖 我明白你说的这个过程，实际发生的时候是逐渐地、一点一点地累积着变化，不过达到一定程度，确实可能显出不同的阶段性特征，特别是事后去看的话。我是觉得，除了简单划分的自发、自觉这两个阶段,从《天香》开始,又有一个新的阶段。但这个阶段我不知道该怎么描述,我觉得你应该有一个更明晰的感受。就是你说的,六十岁以后,发现可以写的东西那么多。很早的时候,年轻的时候,会觉得把经验写完了,怎么办？或者即使用理性用匠人的这种写作方式,但总会有写完的一天,会枯竭。也的确有作家面临这样的问题。但是会有另外一些作家,越写越多,这个是怎么扩开来的？怎么发现这么一个新的写作资源？我一直感兴趣的是这样一个阶段。

王安忆 你这个说法正好跟我的感觉是相反的。你说我开阔,打开了,但我觉得自己是关起来了。我以前说过,六十岁我就不写长篇了,我觉得长篇是个大工程,很累的。并且,人到一定成熟的阶段就会变得慎重,变得不能够这么如泄如注。所以说,我其实心里是决定六十岁就不写长篇了。但这个《匿名》

很尴尬,正好是跨线了。我是不到六十岁开始写的,结束的时候已经六十一岁了。到这个时候,觉得六十岁的难度不在于体力,不在于经验,不在于写作能力,主要在于挑剔,我觉得。写完《匿名》至今,我已经有大半年没写小说了。上次你好像说什么都可以写小说了,而我恰恰觉得,写过《匿名》以后,我现在对小说题材变得很难决定。读的人,和写的人,感觉是不同的。

张新颖　我说的扩开来,指的是,我没法设想你二十年以前写《匿名》,或者说你二十年前写《匿名》也不会写成这个样子。我是觉得,这个就是你以前不会意识到的,或者意识到也不会是这么清楚的一个东西。

王安忆　二十年前写的是《长恨歌》啊,到现在已经二十一二年了,是一九九四年写的。

张新颖　你看看《长恨歌》到现在,这个变化是怎么一步一步地发生的?

王安忆 其实很简单。《长恨歌》写得很自然,我这个人是比较追寻生活的表象的。你,我发现你向来是不被表象迷惑的。你喜欢诗。我觉得这个可能跟性别有关系,跟传统也有关系。五四的传统就是这样的,对生活的表象不感兴趣的。但我是一个对表象有兴趣的人,《长恨歌》是一个描写表象,通过表象探问本质的写作。但是写《匿名》却是在表象之下,一种抽象的行走,现在我发现要从抽象再回到表象,也蛮难的。就是说,我要写什么呢?什么能够让我有兴趣往下写呢?使我满足的写作是什么呢?恐怕会过一个阶段。

二 文明的缝隙,除不尽的余数

张新颖 我们就不谈写完《匿名》以后的困难;现在就正式开始谈谈《匿名》吧。二〇一二年的时候,我印象很深,你写的一篇散文《括苍山,楠溪江》,还有一个短篇《林窟》。所以,我在读《匿名》的时候,很自然地就想到这里,这个地方。现在看到你确实是把《匿名》放到括苍山那个背景里面去了,我既意外也不意外。当时看了《林窟》的感觉是,这么短的东西里面,包含了很多东西,里面的空隙太多了,空间太大了,说不准你会回来处理这个东西——因为空着没写的地方,会有一种奇特的吸引力,一种暗中召唤的力量。但是没想到会这么快,就把这个括苍山之行的经验就接上去了。上次我们闲聊的时候,你提到一个失踪的教师,这是更早的事情,你给连起来了。你再讲讲这个故事吧。

王安忆　　失踪的人是个大学教师,这个事件的出现,是在八十年代中,我在妇联的信访站听到的。当时法律不怎么健全的,整个信访系统也不健全,妇联建立了一个支援妇女权益的信访制度，每个星期四的上午对外开放。

张新颖 上海市妇联？

王安忆 对，那个时候我觉得还是蛮积极的，它也有法律的资源，但是当时的法律不像现在这样严密。妇联把我安排给一个老师，让我专门跟着。那么，像看病一样，门口有好多人排队等着，依次进来谈话。其实你知道我听这一类谈话，也写了好多小说，《逐鹿中街》也是那次听来的。我在那边听了好多故事，那些故事没头没脑的，可是非常给你想象空间。这一个女性，她的先生是某个大学的教授，退休的时候，教委搞了一次活动，专门慰问这些退休的教师，到雁荡山去玩，然后人就失踪了。失踪的时间很难确定，因为大家互相之间都不怎么认识，他们都不确定这个人是哪一天失踪的，不断地回想，最后一次看见他似乎在某一个景点，他在那儿擦汗,这是他给别人留下的最后一个印象,然后就再也找不到了。组织当地人力搜山,山里的可能性很多很多,可是没有一点线索。我们在谈的时候,那个老师就问了她一个问题,你们夫妻感情好不好?因为别人很容易会想到,会不会是他自己出逃了,这个故事说是也蛮好的,对吧?一个人退休以后,发现要重新活一次,然后他就跑掉了,这也是一个故事。但好像不那么简单。可以想象家人非常受折磨的。一两年过去了,学校里想报死亡,因为不断地支付他的退休工资,也可算仁至义尽。就是这么一个事情。这个故事,我其实心里时常在想的,我要给他找个出路啊,他去什么地方了。好像最最通常的就是说他想重新过一生,连妇联的老师都想到了。当然他有权利,也有可能,但对于一个一下子不见的人来讲,这总不是一个太有回报的结果。我希望这个失踪事件更有回报。那么后来——二十多年以后——我去括苍山，也不是为了这个故事去的。当时永嘉县文史委——对于一个小地方，它所经历的历史，每一点滴，都很宝贝——他们记得，我母亲和谢晋一行人，曾经在文革时候到那边去，要拍一个电影，问我有无这方面的资料。我就说有一本他们当时油印的电影剧本。他们愿意要。我这些年里一直考虑爸爸妈妈的东西怎么妥善处理。那我说我可以给你们。然后这一年夏天我就去了，我得搞清楚对方是个怎样的状态，万一是个乱七八糟的机构呢。去的时候我就找程绍国，一个温州作家，让他带我。除了和永嘉文史委交割，我想去我母亲当时去过的几个地方，根据我母亲当时的笔记，有她蹲点很长时间的里湾潭，这村庄连一寸平地都没有的。然后她还去过另外一个村庄，那个村庄更加偏僻了，几乎走到悬崖尖尖上的一个地方，也是站不住脚的。再有一个地方，很可惜的是，我们到了山崖边，就没往下走，因为它完全已经被树木合拢了，道路已经被杂草全部合拢了，并且林窟这个地名已经被消掉了，从行政地图上取消了，很少有人知道了。可巧的是，我们下去，在公路旁边，有一家人，是林窟迁出的最后一户人家，其实就是我写的野骨的这户人家的影子。我们没有下到底，因为没法走下去了。但是很好玩，在我母亲的记录笔下，这地方是非常繁荣的。这么一个繁荣的景象，你根本想不到原来它那么小，小到就是三五户人家，只有一顶桥，这个桥大家必须手牵手走过，否则就掉到水里去了。这几户人家在那里，主要就是以开集市为生，因地处三县交集地，所以还蛮富有的。三县乡民家里需要用钱的话，就偷棵树，到这里去卖。这些人都是昼伏夜出的，因为他们知道打击投机倒把办公室的活动的规律了，所以我们就可以想象深山的夜里面,是多么躁动不安,这非常令我吃惊。后来我再想想看,这个人如果失踪的话,我要让他发挥更大的能量的话,就把他放那儿算了。我不想把他放到一个野山里去,在野山里的话呢,很容易变成一个野外生存能力的挑战。

张新颖　完全的野山,层次就单一了。这个地方它的层次很丰富,它就像有考古层一样。

王安忆　对对对,有考古层。它曾经有人类生活,而且已经发展到市场经济了,已经蛮发达了,已经有了交换了嘛,社会的级别蛮高了。当然是在一个特定的年代里面,这样才有可能形成一个封闭的小社会,小文明。

张新颖　所以你把这个人放到这里面去,现在就谈这个人,很有意思。他就经历了这么一个过程,上下两部的过程。上下两部的过程,方向好像是相反的。上一部等于说，一个正常普通的市民，或者叫现代人，到了一个没有人的地方，到了一个曾经有人类活动但现在已经荒废了的地方，他这个人进化出来的能力，人向现代方向进化出来的能力，逐渐地退化，丧失；同时，那个原始的能力，慢慢地，一点点地重新生长起来。另外一个方向就是下部，他又从半荒蛮的世界里出来，重新开始进入人间，又一点一点恢复，可又不能叫恢复……

王安忆 不叫恢复，这叫重新地进化一次。

张新颖 重新地进化一次，和原来的进化方向不一样吗？

王安忆 还是一样的。我觉得他的进化方向还是一样的，先到一个小的地方，级别很低的一个镇上，然后再到一个县城，这个县城是发展的，马上他又要进到原来状态也就是现代社会的时候，我就让他死了。这时候，边界变得模糊，二次进化是个螺旋形的周期。

张新颖　我是觉得,上部的这个人一点一点退化,或者一点一点原始的能力的唤醒,这个写得很有意思。这个难度比下部大。下部当然写得精彩好看,因为它有了别的人物啊什么的。

王安忆　丰富。

张新颖　上部只有他一个人,一个人在那个环境里面。

王安忆　对,一个人怎么生存。你完全不给他生存条件的话也很难办,我也不想弄成一个野外生存的实验。这个地方能够找到人类生活的痕迹,找到上一期文明留下来的东西,然后他可以保持一个非常低限度的生存。也不能让他死掉,他还是能生存。

张新颖　当然这个人的生存有意思,更有意思的是他在这里发现的那些,就叫文明的遗迹吧,他一点一点地发现,一点一点地拼凑的过程,可以想见此前的人一层一层的生活积累。

王安忆　其实这就是从很具体的需要来出发的,比如说,到这个地方，那么得有个人带他进去；我还得给他准备点给养，因为他要过冬嘛，我在想火是一个很重要的东西。但是我这方面的常识不够，我又不愿意让他有火柴这类东西，先后有两个打火机接续了一下，中间我想还是让他用一个原始人的方法取一次火。因为只有当你能够自己去找火，你才能够保证生存。还有食物，我本来想等那个野麦子生长出来，但好像来不及了。

张新颖　那个索面是个什么东西？为什么过了那么多年，那个东西还能吃？

王安忆　索面是我在那里吃过的，这个面——我也很怕他们看到又提出问题来了——的做法是要放盐的，跟我们的面条不一样，它在制作的过程中就要放盐。我有一个很详细的制作索面的配方。那么放盐的话，就比较经得起时间嘛，这个原理是对的。而且我在想，得给他点盐分，没有盐也不行。就是这一切其实是从需要开始的。最主要的是，我觉得他还有一个生存的很好的条件，就是他没有记忆了。没有记忆反而会帮助他去适应一个什么都没有的状态，重新来起，重新做人。我是这么想的。

张新颖 你写的时候，可能跟别人读的时候，比如说跟我这个读者，关注点不完全一样。因为你写的时候是要围绕这个人物，人物行动的合理性啊，怎样生存下去啊，不断处理具体问题；但我会更关注他在这个过程中的变化，这个变化不是人在日常现实中的变化，而是一个人的退化，以及与退化同时发生的另一方面的进化。这一个人身上的过程，似乎包含了人类的过程。人类从过去进化到现在，或者从现在退化到过去，那样一个很大的东西，很漫长的过程，发生在这么一个不知道叫什么名字的人身上。这样一个人类进化退化的过程，我们在正常生活里是意识不到的。怎么说呢？其实我们每个人，可能包含了在我们之前的所有人的进化的过程，但是我们意识不到。在正常的生活环境里，我不会觉得多少万年的进化跟我有什么关系。

王安忆　是啊。可是在这么一个人身上，我想让他首先把记忆全部都消掉。然后还有一点就是，他的承受饥饿的能力，耐饥的能力。他没有记忆了，这样反而好，如果有记忆的话，他会有很多顾虑，文明会给他禁忌，禁忌会限制生存的条件。接下来他在很少进食的过程中，当然很短，几个月，慢慢地锻炼只需要一点点的食物就能够维持。所以这也是我让他是一个老人，让他岁数不要太年轻的一个理由，如果年轻，就消耗快。他是一个只需要进食一点点就可以维持生存能量的人。而他整个的记忆系统，又是和他的文明有关系的，它是慢慢慢慢恢复的。我让他首先接近的都是文明世界的边缘人，比如说哑子、二点，他们都是缺乏一个主流表现形态的，好像完全在蛮荒里一样的。到了九丈以后，让他开始有所接触，接触语言，接触表述，接触基本人道的生活。把他放到养老院里面，那里面好像都是很低等的生物，让他在低级文明里面。

张新颖 　　就是你让这个人重启了。重启了以后，你给他设计了这样的环境，特别是他接触的这些人，都是一些畸人，或者说是奇人，从上半部的哑子、二点，到下半部养老院里的小孩，然后再到县里又有一个白化症的少年。这几个，再加上"道上"的两个人、五尺混出来的麻和尚、九丈新一代江湖的头敦睦。这些人有意思，但这些人的意思又和我们都不一样，都不是正常社会规范里的人。

王安忆 　　他们都不是这个人原先生活的社会里的人。你知道我这里边有一些链条嘛，跟他原来生活的文明的社会，是可以接续上的，比如说野骨那个当过兵的哥哥，九丈的派出所所长，新苑福利院的院长，这些人可以跟文明接续上的。然后那个白化症的少年，还有那个小孩张乐然，这些孩子我其实是让他们都走到正常社会里面去了。一旦走向正常社会，他们就会跟他疏远。

张新颖　他们的来历很有意思，每个人都有很奇怪的来历。

王安忆　来历都很奇怪，所以当我写到最后一段，写到白化症少年的时候，自己有点感动。他说："我知道我从哪里来，但我不告诉你。"这可以说是他们所有人的话，就是"我不告诉你"。包括那个失忆的人也是。他其实应该是知道的，因为他身上已经有那么多烙印了，知不知道，都是知道的，但是他不告诉你。所以我曾经想过一个题目，但是不好，就叫"我不告诉你",就是一种沉默的状态。

张新颖　这也是"匿名"的意思吧。"我不告诉你",可是你要写他们不告诉的东西,这些人的来历,每一个写的时候都很花心思,用了那么多笔墨。他们好像有一个共同点,都是来自特别偏僻的、似乎和这个世界很隔绝的地方。除了那个麻和尚,算是在一个镇上吧,那个烧窑的地方。

王安忆　麻和尚也是在一个乡村,一个古村吧,有着古老的产业,碗,象征是彩陶时期。

张新颖　其他几个人都不如他,都是那种隔绝的。

王安忆　但是他们有自己小小的产业。比如说敦睦,他们那边生产染料,种植靛田;白化症的少年是摘枸杞的;二点是从林窟里出来的人;还有哑子,是最贫苦的,靠土地吃饭的。说起来他们都有自给自足的生产方式。都是从小世界里出来的,最原始的循环经济。

张新颖　　这个小世界给人的感觉，还是跟我们很隔离。但他们慢慢走到了一个跟我们不太隔离的世界，当然还是处在一个奇怪的边缘上。

王安忆　　他们出来以后，和我们这个世界保持了一种奇怪的关系。我们叫它黑帮也好，江湖也好，非法生存也好，反正就是主流之外的存在。他们这些人都像山里面的精灵一样的，一旦到外面的世界，就失去身份，失去合法性。

张新颖　　身份，合法性，也都是名，没有这些，对于我们这个社会来说，他们就是匿名的；对于他们自己来说，他们的过去又是他们想要隐匿的。这里面可以说有很多的层次。

王安忆　　对啊，匿名是肯定的，他们都是没有名字的，这里面主要的人你有没有注意到，我从头到尾没有给他起名，其他的有的是诨号，或者是自己给自己起名，比如说鹏飞，敦睦，或人家给他起名，像那个小孩张乐然。他们都没有爸爸妈妈起的名字。

张新颖 从人物上来说是这样的。其实不仅是人物，会不会在我们现在的这个文明里面，有很多匿名的东西，因为叫不出名字来，所以我们就当它是不存在的。其实不但是存在，而且也是一个，怎么说呢，也是丰富的、混杂的，甚至是生机勃勃的这么一个世界。

王安忆 也可能啊。我最后不是让哑子和那个麻和尚把他们的领地让给敦睦，然后就走了嘛，然后他们就要走到山外面去了。

张新颖 匿名的这个意思，可以说很多。

王安忆 起这个名字我也想了半天了，不知道起什么。其实最简单的大白话就是，"我不告诉你"。他们自己的来历，他们自己是清楚的。

张新颖 那你写这个小说，就是我要告诉你，有这样的世界，有这样的人。

王安忆　　对啊,你这么说的话,就跟那个形成悖论了。

张新颖　　如果是这样,我觉得有这种悖论挺好的。

王安忆　　然后他们这些人有个比较一致的特征,他们都特别像精灵。他们都很白,你有没有注意到?麻和尚本来是很白很白,敦睦也很白很白,到了白化症少年,白已经变成一种病了。

张新颖　　白就是无吗?白是没有颜色吗?

王安忆　　当然我也没想那么多。但是我从形态上来看,他们和山里人很不一样,他们就像是山里的基因突变一样。

张新颖　　对,他们也是山里的异类,对他们出生、所来自的地方而言也是异类;另一方面,对于我们这个正常的社会而言也是异类。他们好像是在一个文明或者社会的看不见的夹缝里的。

王安忆　　我曾经写过一段,就是他到那个城里边去,敦睦很想利用他的古怪,去进行他的贩毒事业,当然没明写。他曾经在走廊里边找不到自己的房间了。我写他在迷宫式的走廊里盘旋，进不去房间，就像肠道里一个消化不了的东西那样，一个瓜子儿，一颗菜籽或草种。

张新颖 除不尽的余数。这样说很有意思。就是写了一个我们这个社会的公约数除不尽的人。

王安忆 各种各样的方式都除不尽他。这个小说对我的难度就是，我想得很多。我以前写小说想得不太多，这次想得比较多。想了太多以后，我就找不到一个特别合适的表象。尤其因为我是比较重视外相的，最好的东西就是表象天生里边就有这样的内涵。

张新颖 想得多，表现在作品的叙述上，和通常的小说叙事不一样。通常小说叙述，总的来说是转喻式的，就是不断地讲下去，后来怎么样了，后来又怎么样了；但这个作品读起来的感觉是，你讲了一句话，不是接着讲后面的一句话，而是讲这句话下面的那个意思，那个意思又讲出许多想法，比如说因为什么事涉及时间，然后你就会讲这个时间的问题，文明的问题。从具体讲到抽象，从事情讲到思想。然后再发生一点什么事情，再这么讲到下面的意思。其实是一个隐喻的叙述方式了。

王安忆 对，非常具有隐喻性的。但是对于我来讲，挑战就在这。因为我本身是不太喜欢隐喻的。也不是不喜欢隐喻，而是希望这个事情本身就包括隐喻，那就不需要我啰嗦了嘛。但是这次好像有一点，思想大于形式的。这个就是我写作时候觉得困难的地方。

张新颖 但我觉得这个好啊。

王安忆 因为你读书跟别人不一样。

张新颖 我觉得扩大了就扩大在这儿。因为通常小说的叙述是转喻的嘛，就是不需要用隐喻的方式来写；但是这个作品变成了用隐喻的方式来写小说，挑战当然是很大的。

王安忆 这个挑战很大，但是我觉得这里边有些隐喻的陷阱，就是，其实我是用这个来隐喻，但是别人会认为那个是隐喻，因为失踪啊，失忆啊，这些都是明显的隐喻，隐喻里的显学了；其实还真不是把它们当隐喻，这在我就是事实。我用的隐喻是另外一些东西。这里面是一个陷阱。

张新颖 嗯，这个是从总的方面来讲。但是，我觉得从细小的方面来讲，也变成了这样一种方式，当你说一个事情的时候，你总是会说开。它变成了这样一个叙述，老是说开。

王安忆 因为这不断地需要解释，还是我自己感觉到一种不安，就是说可能吗？我经常要出来解释一下。就是时间它是有伸缩性的，从相对论来讲它是不确定的。我自己会感到不安嘛，这里面的很多事情，如果按照我们现实的状态来讲，是不大可能的，缺乏常规的合理性。

张新颖　你这里面特别讲到时间，这里面时间是一个文明的线索，或者文明规定的一个形式，时间的意识或许是文明"发明"出来。那还有其他的，比如说你特意好几处写到文字。

王安忆　对，文字特别重要。因为匿名嘛，文字就是名。所以我着实费了一些功夫。你知道他对事实的记忆都没有了，但是名还记得，或者说不是记得，而是呼之欲出。所以我就安排哑子是一个识字的人，就会跟他笔谈；然后又有个小孩子需要教他识字。就是这个文字，在这小说里面，是有隐喻的。

张新颖　对，文字就是名，文字也是"明"，文字还是"铭"，文明刻下来的记号。

王安忆　很多东西没有了之后，我们只能依靠它的壳来认它的内容了。从名去认实，实都消失掉了，幸好还有名。这也是文明留给我们的符号。

张新颖 就是,我觉得写得好的一点就是,你没有把他写成一个完全的野人,他身上留有文明的痕迹,他见到的世界也有文明的层积的遗存,然后他的努力也要依靠他身上留下的文明的那个东西。这样就避开了一个常规的或者说虚假的、浪漫的想法,讲一个野人怎么有力量。所以我觉得这里面层次感特别丰富,层次特别多。这个就是小说家所……

王安忆 但是你这样的读者是非常之少的了。我估计万分之一都不到吧。

张新颖 不,有心的读者还是很多。我记得里面特别写到,当他和这个世界发生关系的时候,不是一个野人和这个完全蛮荒的世界发生关系,而是说一个有文明遗存的人,和一个看起来荒蛮、其实也曾经有过文明的世界之间,相互地妥协、商量。因为有妥协、有商量,才有层次嘛,否则就一笔写到底了，就没有什么东西了。

王安忆 其实我觉得这山里面处处有文明的断续，就像盲肠一样的遗存。比如说哑子停车的那个隧洞，我想象是冷战时候的军工项目，我想山里面可能到处都是这种遗存，各种文明的遗存。

张新颖 我读这个小说还有一点很惊异，就是原来我们讲这个世界的变化，我们讲沧海桑田这样的变化，总是会假设如果发生这样一个比较大的变化，那个时间是很漫长的，但是你在这里面写的比较大的变化，其实发生的时间很短。林窟变没了，也就从七十年代末到现在；还有那个烧窑的地方，一下子就变成了水库底下的地方。想想这么短的时间，要把一个文明毁掉，根本不需要太长的时间，这有点惊心动魄了。

王安忆 对，因为人太强大了嘛。人到上世纪末，建设和毁坏的速度是极快的，周期越来越短，非常之短。

张新颖　我们原来想象沧海桑田,是要过几千年几万年的。但是在这个里面却很快,不但快,而且看不出来,如果不是这么一个人到那里去发现的话,简单地看看,就会以为完全是一个荒蛮的世界,之前的痕迹完全被抹去了。

王安忆　对啊。我这里面还特别提到盘山公路,我觉得公路吧,就像把一个瓜剖开来了,然后在这些横切面里面,生活就暴露出来了。这些人,我相信他们一直都存在着,在生活着,拥有一个完整的小世界,但是就一下子被公路剖开来了。所以我在那儿,特别疑惑的是,我和陪我去的程绍国讨论,当年我妈妈他们是怎么到那里去的。因为我们走公路的话,是觉得又危险又漫长,他们当时是靠爬山还是怎样,反正就是取直,否则不可能那么快去那么多地方。

张新颖　我也想象,你妈妈他们当年去,他们对这样的人的生活的惊讶感，没有你大。

王安忆 没有。因为我觉得他们是自然进入的，他们不是走公路。他们肯定是吉普车停在哪个地方，这个地方可能有些山道，然后慢慢走，一步一步进入。我后来还找到我妈在那个时候的照片，看起来就是一个普通的，甚至概念化的山村，电影里面经常看到的。

张新颖 实际上我是觉得他们那一代人的那个惊讶感，不会有你这么强。或者说，不要说你妈妈，就说比如我去那个山村，我不会有你这么深的感触。

王安忆 我在想，让我感到蛮荒的理由有很多。一个是现在山村萎缩得很厉害，村庄里面没有壮年，都是老少，感到非常凋敝，没有生机，真的是没有生机。还有一个可能是跟我的生活经验有关系，就是说我太孤陋寡闻了，我没想过山里的村庄是这样子的。没有寸土是平地，房子都是靠着山壁的，感觉就像是在台阶上面的一个村庄，我没想到那么逼仄。生活的空间非常局限，很压抑的，你看不到地平线。现在有了盘山公路，在公路旁可以看到山谷，山谷确实很壮观，可以看远，但还是山啊，对面的山，环绕的山，有时候雾一下子散开，你看到谷的山壁上还有一户户人家在生活，真的很神奇。可能我去的地方不多，我一般是在城市里面，插队落户的地方是在平原。

张新颖 比如说我刚刚去三峡走了一趟，当然现在这个三峡不是过去的三峡，那边的山也是莽莽苍苍的。

王安忆 我也去过三峡的，并且我当时去三峡，也不知是否命定的，我发着高烧。你知道发高烧的人看出去的东西都是变形的。我到现在还记得，我们的船开过的时候，山上有个老人拼命向我们招手。我想他们很难看得到人吧。

张新颖 很难看到人。但就是那种山里，竟然有三户、两户这样的人家，他们要出来一趟很困难。

王安忆 那时我听我妈讲，那时有人出来，还穿清朝的衣服嘞，拖着辫子。我们看到的生活都是一块块很整的嘛，其实有很多缝隙的，这些缝隙是我们难以想象的。

张新颖 文明突然坍塌了一块，就可以看到平时隐藏着的一些缝隙。

王安忆 对，文明的进程是很不均匀的，它不是匀速前进的。我总会有一种发问，就是我们为什么会变成今天的我们？其实是很有意思的，为什么我们的口音会那么不同？最奇怪的是他们的温州话，完全听不懂，而且一个地方一个音。有人跟我说，他们那个是真正的中国古音，确实是很有古意的。但我觉得当他发音的时候，某一块肌肉确实是倚着他的音来变形的。我们那次去，我的散文里不是写到有个陪我们去的男孩子叫高远吗？这个男孩子,你不知道他走山路多快,像个动物一样,非常非常灵敏,而且文章写得很漂亮。我觉得他们的思维也跟我们不一样。一方水土养一方人。

三 抽象的美学

张新颖 整个的作品,你想写的是什么东西、什么意思呢?

王安忆 整个的作品——这是一个很大的问题。整个作品我想写的和我以前写的作品都不一样。以前我很想写的就是生活,生活里隐藏着自身的美学,人际关系,人性里面潜藏的那些美学;这个东西吧,我就觉得它不是具象的,它是写一个在我们表象底下抽象的存在,抽象的美学。所以我说很困难的地方是找不到一个合适的表象来对应它。

张新颖 以前的作品写的是人和人之间的关系。

王安忆 对,是人世间。

张新颖   那么这个作品其实主要不是人和人的关系。

王安忆   对啊,这里的人都是孤立的。人好像都承担着我要给予他们的任务似的,所以这里所有的人都是无中生有。当我写上半部,写到寻找的时候,就写到人世上那些人的时候吧,我觉得,我一个人就像是处在一个被拉扯的、被互相争取的状态。我要写它的合理性,但是又想写它那种抽象的定律,它不如表面的合理性,在人们的常识之中。所以,上部写的时候,就不能像下部,总算能找到一些合适的配套的人与事。

张新颖   下部人物多了。

王安忆   下部终于把常识的束缚都甩掉了,就觉得很自由。写上部的时候,我总在想,你总归要让一个人合理地消失吧。合理性始终是我碰到的一个问题,我好像永远不能够做一个不合理的举动。所以我很佩服莫言的,莫言他就有这样的自信,他认为合理就是合理,但这是需要很大的能量的。

张新颖　这个小说是不是可以设想,把你的上部简化一下,一开始就写这个人被绑架到林窟这个地方?

王安忆　那么你说他们不找他是不是可能,怎么向家里人交代呢?

张新颖　你后来就不写他家里人了。

王安忆　后来他的家人找到他了,应该说他找到家里人了。

张新颖　找到了也没关系,家里人也没去,最终也没有见面。

王安忆　但是我觉得找到还是很重要的,因为找到对方,对方不认识他,需要他提供DNA嘛。

张新颖　这个反应合理不合理啊?家里人在拼命地找他,当然过了点时间,可能也冷下来了,后来忽然有了这么一个消息……

王安忆　这还是比较合理的,因为这样的人家一定会碰到很多骗子的。比如说丢了一个孩子，要去找，很多骗子都说在我这儿。

张新颖　对对对，这个世界变了。

王安忆　所以他看着不像，一定要认那个DNA，尤其是有了DNA的手段嘛。找不找也许都可以，但我好像说服不了自己。一个人怎么可能没人惦记呀？

张新颖　还是要找，还是要按照你的那个方式。

王安忆　对，还是要找。当然我这么说是非常唯心主义的，我觉得他们其实还在一起，但是是以另外一种形式出现了，就是说他以前生活的痕迹还是会出现，在一个大的时空范围内，都还在，都还在一起，没有失踪，只是人和人不一样了，就是轮盘赌的那个轮盘，每一次转动都不会在上一次的位置上停下。

张新颖　就是能量转换和守恒的那个意思，我发现这个贯穿了你的整部作品，写到很多东西的时候，你都会这样解释。

王安忆 比如说萤火虫:《红楼梦》里,有一个谜是一个"萤"字,打一个字。林黛玉猜到了,是花草的"花",萤就是草化的呀!还有蚕也很有意思,你想你看到的是虫,它怎么会跟丝绸联系在一起。能量转换很奇怪的。

张新颖 所以最后写这个人在江里,就慢慢消失了,或者说转化成另一种存在形态了。

王安忆 对啊,最后的结尾我动了很多脑筋,让他到哪里去。那一次我们去温州旅行,最后一站是苍南,到了海边,看见很多惠安女,从福建那边已经过来了。我们所有的人,都是这个大时空里边的小东西啦。这些想法太多之后,你就找不到一个大家共识的外形的东西。我还是一个很重视常识的人。

张新颖 这个作品难说的地方在哪里呢,就是这里面要表达的东西太多了。你没办法用一句话或者三句话来概括。

王安忆 对啊,人家问你写什么,然后你一说开头,人家以为你在写一个类型小说。

张新颖 就是你很难把它说清楚,很简单地说清楚你到底写了一个什么。

王安忆 所以这本小说阅读上是有障碍的。

张新颖 但是很过瘾,我读的时候觉得过瘾。

王安忆 因为你是一个口味很另类的人。

张新颖 我口味不另类,我口味很正常。

王安忆 你其实从本质上来说是不喜欢读小说的。这个不大像小说,所以就对你的胃口。

张新颖 不是啊,我是很喜欢读小说的。你前面说你是喜欢表面的,我是喜欢表面下的。我觉得不是,我觉得正好相反。你老是要在那个表面下面找东西,而我就是停留在那个表面上的。

王安忆 因为我们的眼光不同。你是一眼就可以追踪到表面底下的含义，而我是尊重现实的连贯性的。这就是小说和诗的不同，诗是可以剪碎的，小说就要承认它的连贯性。

张新颖 嗯。

王安忆 可能是年龄的关系，还是写得太多的关系，我现在写小说的话，就会变得很挑剔，变得特别地挑。挑的时候就会需要抉择，比较困难，就不会像以前写得那么舒服，那么顺利了。

张新颖 我觉得如果你回到以前那么顺利，对你个人来说，也没什么意思，何必呢？

王安忆 对，很不满足，自己非常不能够满足。其实写作是个自我满足，如果那种方式不能满足你的话，那就不那样写了。这个写完，满足还是满足的，但是呢，不像以前那么自信，自信很圆满。这个我觉得毛病是很多的，写得不圆。

张新颖 这个不圆才好。

王安忆 而且我甚至是在事后才发现玄机。那个西西弗斯神话，有个数学黑洞就叫西西弗斯串，似乎无意间试图接近，我不是让那个男孩打算盘吗？一列数字重复相加，又回到同一个数字序列。我们在珠算上特别能看到这个形式。一二三四五六七八九，然后在珠算上正好是两个梯形，然后加加加，其实是很简单，加到十，不是进一位了吗？就又是两个梯形。

张新颖 它对你的启发是什么呢？

王安忆 我就想到那个推石子的西西弗斯，推上去又滚下来，推上去又滚下来。我还没说完，我就觉得这里面好像有点意思，但我写的时候没想这么多。就是说这个孩子在数学里找命名。他学字，学数学，我不是写这个小男孩最最难的地方就是进位吗？他有他自己的进位法。当他看好病后，进入正规小学以后，老师让他接受我们现在的进位法。我的意思是说，数字是很有意思的，它也是一种文字，它也是一个名。我们现在的人给东西命名，一个是文字，一个就是数字。当然还有很多化学物理类的，就是更进一步的命名了。

张新颖 主要是，我们处在一个已经命名好了的世界里。你现在把那个人推到那个最初，其实人回不到那个最初，但是你把他推到那个最初，然后让他重新来起，这样一个人，好像初次面对世界的那样的关系，这样能写出惊讶来，写出感受来。

王安忆 对。他要重新建立关系。但是我还是用旧材料，文明废墟上的砖瓦，反复使用，总还是会有新东西产生吧。这个故事很容易让人以为我要对现代文明进行什么批判，其实我没有能力去批判它。我还是服从循环，一个圈，永远走不出来。

张新颖 对。就是没法概括，如果能够概括出对现代文明批判啊，或者什么的，就简单了。但也不是。

王安忆	不是，我这里没有批判的意思。这里确实有很多陷阱，它很可能让人家以为我要批判。
张新颖	他其实是历史。我觉得写的是历史，人的历史。
王安忆	但我又不敢这么说，这么说话说得太大发了。
张新颖	其实在我们每一个人身上，都包含着人类的全部历史。
王安忆	对，其实是这个意思。一个生命从他出生到最后，到死亡，这个过程都得走一遍。慢慢识字，慢慢思想，都得走一遍。
张新颖	你就是让这么一个人意识到，一个人身上可以包含人类的全部历史。
王安忆	他自己是意识不到的，其实是个无意识的人。
张新颖	但是你把他写出来了。
王安忆	对，我把它写出来了，呈现出来了。
张新颖	你这个思路，以前也有这样的思路……
王安忆	我这个人对发生学是有兴趣的，我是很喜欢问事

情是怎么发生的。比如我们吃的食物，我们今天吃的这个稻子、麦子什么的，它一定是人类尝遍百草，终于找到一种可以果腹的，然后慢慢培养它。

张新颖　慢慢驯化。

王安忆　慢慢驯化它。你想水稻多复杂啊，种水稻非常非常复杂的。所以人类选择生活的地方总是在河流的领域里面，因为跟采用食物有关系。

张新颖　我是个不会问的人。有没有我没有想到，但是你特别想表达的意思，比如读者完全没有意识到，但作者写的时候特别想表达的？

王安忆　当我进入到他们每个人的历史里面，我为他们设计历史嘛，也有一些表象是吸引我的。我让他们承担内容思想的任务，事实上，他们的表象还吸引我。这也是我写到下部稍微安心一点的缘故，我刚刚还说，我要找到一个好的表象。他们的表象，不管底下是什么，至少有一个常识性的，就是乡愁，都是离乡的人，他们都不喜欢自己的家乡。

张新颖 反乡愁的乡愁？

王安忆 比如说敦睦，在监狱里碰到那个人，那个人和他彻夜长谈，也是临终遗言，中心意思就是说，出门靠朋友，听起来很江湖。我写到他后来按照那人给的地址去寻找，我就让他去了一次平原。我这里面有两次让人去平原。因为我自己觉得特别郁闷，这个地方太逼仄，我得让他到平原上去一下。然后他从平原上带回来罂粟的籽。我们在那个山里面，就感觉到眼睛看不远，视线老是有遮挡的，走不通的那种感觉。所以当我每次写他们离乡，还蛮感到哀戚的，好像就是一个小虫从窟窿里爬出来了。

张新颖 你这个感觉会不会不好啊？你站到一个高处，看他们就像小虫子一样。你会不会怜悯他们啊？

王安忆 也不是怜悯。因为我觉得我自己就是小虫子，我们都是小虫子，窟窿大小不一样。我就觉得文明可能就是按照自然的形式来模拟的。比如说我不是写鹏飞，后来带着孩子去上海看病嘛，他乘那个地铁，然后站在高处看高架，其实也很像蜂窝蚁穴，山的裥褶。其实文明的建设，也是模拟的自然的状态。

张新颖 还有我发现这个小说里用的地名，我对照了一下，都是实有的名字。林窟啊，九丈啊……

王安忆 你看他们那边的地名很奇怪，都是和衡量度有关系的，还有和生计的易难有关系。那个名字也很可恶，叫柴皮，去到那个地方，山壁已经走到没有路了，但是写着前面还有七里半，然后在一个非常危险的地方转过去，前面果然还有七里半。

张新颖 我觉得这些名字特别好，名和实有密切的对应关系，和他们经验里的认知、感受联在一起，而且都很形象。

王安忆　一定是和地貌有关系的,是最初生活在那里的人,给出的命名。

二〇一五年十一月二十四日